書下ろし

立志の薬

根津《ねづ》や孝助《こうすけ》一代記

江上 剛

祥伝社文庫

目次

第一話　薬害

本日もまた大勢の皆様にご来場いただき、まことにありがたき幸せにございます。

最近は、嫌なことばかりが多《おお》うございます。戦争は終わらず、政治は不正ばかり、物価は上がり、給料は上がらず。しかしながら私の噺《はなし》に耳を傾けている間だけでも、憂《う》さを忘れて幸せな気分に浸《ひた》っていただければうれしゅうございます。

ご好評をいただきました根津《ねづ》や孝助《こうすけ》一代記でございますが、今日も引き続きその出世物語を申し上げます。

孝助は貧窮《ひんきゅう》の中で育ちましたが、僻《ひが》むことも恨《うら》むこともせず、正直に商《あきな》いの道を進んでおります。

やっと会うことができた母お栄《えい》が亡くなり、実父である丹波《たんば》篠山《ささやま》藩青山下野《あおやましもつけの》守《かみ》筆頭家人篠原清右ヱ門《しのはらせいえもん》の嫡男《ちゃくなん》でありながら世継ぎの誘いも断り、薬種商としての道を歩んでおります。

孝助が勤めますのは日本橋本町《にほんばしほんちょう》に店《たな》を構えます養生屋《ようじょうや》でございます。孝助は今までの働きを認められ、なんと十八歳の若さで番頭に出世いたしました。若い番頭ということで世間の評判も上々であります。また養生屋の一人娘おみつとの婚約が調《ととの》い、前途は洋々でございます。

一

「お母様は、ここから夕陽をご覧になるのを楽しみにしておられましたね」

おみつが、一ツ目之橋《ひとつめのはし》の欄干《らんかん》に身を寄せながら孝助に言った。

竪川《たてかわ》は江戸を南北に流れる大川《おおかわ》の水運を利用するために、東西に掘られた運河である。大川に一番近い橋、それが一ツ目之橋だった。この橋の上で、孝助は幼い頃、母お栄と泣き別れとなったのである。それから孝助もお栄も数奇な運命に翻弄《ほんろう》され、ようやく二人が出会った時には、お栄は重い病《やまい》を患い、余命いくばくもなかった。

孝助は、品川《しながわ》宿の旅籠《はたご》海老屋《えびや》で女郎として働いていたお栄を引き取った。そして、かつて一緒に暮らした本所相生町《ほんじょあいおいちょう》一丁目の裏店《うらだな》で、おみつの助けを得ながらお栄の最期《さいご》を看取《みと》ったのである。

「おっかさんを背負ってこの橋から夕陽を眺めた時、私の首筋に冷たいものが触れました」竪川の流れを眺めながら、孝助が呟《つぶや》いた。「何かと思えば、おっかさんの涙でした。孝ちゃんごめんね、と。私を置いて出ていったことを、最後まで後悔していたんでしょうね」

「でも、孝助さんはよくお世話をされたのですから、お母様はお幸せだったのではないでしょうか」

おみつは孝助を見上げて言った。

「そうだといいのですが……」孝助はほろ苦い笑みを浮かべ、おみつに視線を向けた。「そうだ、おみつ様。もうすぐ両国《りょうごく》の川開きですね。旦那様にお願いしてお店を早めに閉め、皆で花火見物をしようと思っているんです。ご一緒にいかがですか」

大川に架かる両国橋で川開きと称する花火大会が始まったのは、将軍吉宗《よしむね》公の治める享保《きょうほう》十八年（一七三三）のことである。その前年、凶作、大飢饉《だいききん》、疫病《えきびょう》の流行で多くの死者が出た。彼らの霊を慰めるために行なわれたのが川開きだ。その際、派手な花火が打ち上げられる。かつては両国広小路《ひろこうじ》の玉屋《たまや》と横山町《よこやまちょう》の鍵屋《かぎや》が華麗な花火を競っていたが、玉屋が失火により処払《ところばら》いになり廃業してからは、もっぱら鍵屋が受け持っている。川の両岸には多くの店が出て、それはそれは大変な賑《にぎ》わいとなる。

「嬉《うれ》しい」

おみつは飛び上がらんばかりに破顔した。

「おみつ様からも旦那様にお口添えをよろしくお願いします」

孝助は、あらたまった様子でおみつに頭を下げた。

「任せてください」

おみつは拳《こぶし》を握《にぎ》ると、軽く胸を叩いた。

「では、そろそろ徳庵《とくあん》先生のところに参りましょうか」

今日は二人で徳庵に日ごろのお礼を伝えるとともに、婚約の儀が調ったことを報告するために出かけてきたのである。

「ところでおみつ様、その包みには何が入っているのですか」

孝助は、道中おみつが重そうに抱えている包みのことが気になっていた。「代わりに持ちましょうか」と孝助が申し出ても「大丈夫です」と首を振り、おみつが自分で抱えていたのである。

「内緒です」

おみつはいたずらっぽく笑みを浮かべた。

徳庵の住まいも、本所相生町一丁目の裏店にある。徳庵は、千代田《ちよだ》のお城で上様の治療に当たることもあるほどの江戸きっての名医なのだが、貧しい人々の治療のために、裏店に住まいと診療所を構えていた。豊かな武家や商人からは治療費を得るが、貧しい人からは一切、治療費を受け取らないという人物である。

幼少の頃、人買いの手を経《へ》て曲独楽師《きょくごまし》の藤沢《ふじさわ》親分に売られた孝助は、ある日、屋敷から逃亡した。ところが追っ手に見つかってしまい、一ツ目之橋で殴る蹴るの暴行を受けた。そこへ通りかかったのが、徳庵だった。

徳庵は傷ついた孝助を保護し、治療した。孝助の利発さに気づいた徳庵は孝助を弟子に取り、医者としての知識を授《さず》けたのである。

孝助を養生屋に紹介したのも徳庵だった。孝助がやがておみつの婿《むこ》となり、養生屋の跡取りと見做《みな》されるまで出世できたのは、全て徳庵のお蔭であるといっても過言ではない。

「気になりますね」

「楽しみにしていてください」

おみつは振袖を翻《ひるがえ》して足早に歩きだした。

孝助は慌《あわ》てておみつの後を追った。

徳庵の診療所に着くと、孝助が引き戸を開け、声をかけた。

「先生、ご在宅ですか」

「おお、孝助。おみつさんも。よくいらっしゃった。さぁさ、上がってくださ い」

診療着に身を包んだ徳庵が笑顔で迎えてくれた。

「日頃お世話になっております御礼と、おみつ様との婚約の儀が調いましたことをご報告に参りました」

孝助は威儀を正した。

「おめでたいことだ。まあ、そんな堅苦しい挨拶《あいさつ》はいい。ちょうど患者が帰ったところだ。ゆっくり話をしようではないか」

徳庵は心底から嬉しそうに、部屋に上がれと手招きした。

「おみつ様、それではお言葉に甘えて……」

「はい」

孝助とおみつが部屋に上がった。

「ははは」

徳庵が突然、笑い出した。

「先生、どうかされましたか」

「婚約したというのに、孝助がいまだにおみつ様と呼んでいるのがおかしかったのだよ。なあ、おみつさん」

徳庵がにんまりと口角を持ち上げておみつを見ると、おみつは恥ずかしそうに頰《ほお》を赤らめた。

「おかしいですか？」

孝助も恥ずかしそうに、おみつを振り向いた。

「まあ、いいだろう。そのうちおみつと呼ぶのに慣れるだろうて」

徳庵は文机《ふづくえ》の前に座った。すぐそばには薬籠《やくろう》や、生薬を粉にする薬研《やげん》が置かれている。壁一面には各種の漢方薬の材料を収めた薬簞笥が並んでいる。室内に、漢方薬のかぐわしい香りが充満していた。孝助は大きく息を吸い込む。この香りを胸から体中に巡らせるだけで、体の調子が良くなる気がしてくる。

おみつが持参した包みを徳庵の前に置いた。

「これはなんですかな」

徳庵がおみつに問う。

「私にも教えて下さらないのです」

孝助が困惑《こんわく》した顔で告げた。

「これは、冬瓜《とうがん》の御汁です」

おみつが包みを解くと、壺が現われた。

「冬瓜の御汁とな。それはいい。近頃は暑くなってきたので、熱が取れるからのお。おみつさんが作られたのか」

徳庵の問いに、おみつが「はい」と頷いた。「女中頭のお花《はな》さんに習って作りました。干《ほ》し椎茸《しいたけ》や干し貝柱などでだしを取り、冬瓜を煮たものです。私にも料理ができることをわかってもらおうと、孝助さんには内緒にして驚かすつもりで」

おみつがいたずらっぽい笑みを浮かべて、孝助を見た。

「おみつ様が料理をされるとは、確かに驚きです」

孝助が真面目《まじめ》な顔で言った。

「まあ！　本気でおっしゃっているのですか」

おみつが不服そうに唇を尖《とが》らせた。

「ははは、仲良きことは良きことじゃ」徳庵が笑った。「厨《くりや》に椀がある。粗末なものだが、それによそってくれるか、おみつさん」

「はい」

おみつは壺を抱えて厨に入った。

「これは……」

椀を手に取ったおみつは、思わず息を呑《の》んだ。粗末どころか、漆塗《うるしぬ》りの椀には金色の葵《あおい》の紋が描かれている。おみつの手が震えた。こんな高貴な椀に冬瓜の御汁を注《つ》いでいいものかどうか躊躇《ちゅうちょ》したのだ。

「先生！」

おみつは声を上げた。

「何事じゃ、おみつさん」

徳庵が身を乗り出して厨を覗《のぞ》き見た。

「このお椀は上様からの拝領物ではございませんか。使ってよろしいのですか」

「よいとも、それを使ってくだされ。いかにも上様から頂いたものだが、飾りではないからの。使ってやらねば椀も喜ぶまいて」

「わかりました」

おみつは気を引き締めながら椀に冬瓜の御汁を注ぐ。

「相変わらずですね」

孝助が尊敬のまなざしを徳庵に向けた。

「何が相変わらずなのじゃな」

「富貴《ふうき》にこだわらないところです」

「聖人老子《ろうし》は『多く蔵すれば必ず厚く失う』と言ったが、その通りだ。上様から賜《たまわ》った物でも椀は椀である。宝のように蔵しても何もならん。使ってやればいいのだよ。その方が椀も喜ぶ。人は、欲深いものだ。なんでも溜《た》め込みたがる。しかしそれでは不自由になるだけだ。分かるな、孝助」

徳庵は孝助を見つめた。

「わかりました。私《わたくし》を少なくし、欲を少なくし、人々のために尽くしたく努めます」

孝助は辞を低くした。

「はい、召し上がってください」

おみつが椀を運んできて、徳庵と孝助の前に置いた。

「おお、良き香りじゃ」

徳庵は椀を持ち上げ、汁を吸った。

「おお、美味《うま》い。こんな美味い汁は久しぶりである」相好《そうごう》を崩し、箸《はし》で冬瓜の実をつまむと、口に運ぶ。「これも美味い。よく味が染みておる。孝助、お前は幸せ者であるなぁ。こんなに料理上手《じょうず》のおみつさんと夫婦《めおと》になれるのだから」

「はい。ありがとうございます」

孝助も汁を吸った。徳庵が言ったのは世辞ではない。確かに美味い。体の中が喜んでいる。

「お代わりしてくださいね」

おみつが嬉しそうに言った。

徳庵は汁を二杯も味わって箸を置くと、真面目な顔になった。

「ところで話は変わるが、最近、偽薬が出回っているのを存じているか」

「はい、聞き及んでおります」

孝助が頷《うなず》いた。

「南鞘町《みなみさやちょう》に住まいの福富《ふくとみ》という者は、医者にもかかわらず毒消しと称して、効能のない薬を売りつけたようであるな」

「獄門《ごくもん》になったようでございますね」

「左様じゃ。どのような欲に駆られたのか知らんが、医者の風上にも置けんことだ。薬は人の体を治すものだが、毒になることもある。ゆめゆめ気をつけることだ」

「はい」

孝助は頭を下げた。

こうして徳庵のところに来て教えを授かると、身も心も引き締まる。禍《わざわい》は、得意の時に萌《きざ》すという。孝助は出世し、おみつと結婚し、養生屋の跡取りとなることが決まっている。他人が羨《うらや》む順風満帆《まんぱん》である。こういう時こそ普段以上に注意を払えと徳庵は教えてくれているのだ。

孝助が再び頭を下げると、隣に座るおみつも一緒に頭を下げた。

二

日本橋本町にある養生屋は、今日も賑わっていた。丁稚《でっち》たちが忙しく客の相手をしている。孝助は、番頭として店の様子に目を光らせつつ、客に対して薬の説明に余念がない。

「番頭さん」

丁稚の末吉《すえきち》が表情を曇《くも》らせ、孝助に近づいてきた。

「何か用ですか」

孝助が訊《き》いた。

末吉は、孝助が最も信頼する丁稚の一人である。仕事ぶりが真面目なことは勿論《もちろん》、客への目配り、気配りができるのだ。

「あちらのお客様が、旦那様に会いたいとおっしゃっておられます。うちで処方した薬に問題があるとか……」

末吉が指し示す方向に、夏らしい小紋白地の着物に紺地の羽織を身につけた、年の頃は六十路《むそじ》くらいの男性が立っている。その表情は険《けわ》しい。

「あれは……深川《ふかがわ》の材木問屋、宝木屋《たからぎや》さんじゃないか」

孝助は嫌な予感を覚えた。宝木屋は深川の木場でも有力な材木問屋で、養生屋の得意先でもある。しかし、いつも薬を買いにくるのは使いの丁稚や手代である。主人が来たのは、最初の薬を調合した一度だけだ。それがわざわざ自《みずか》ら足を運んできたのには何か相当な理由があるに違いない。

それにしても、宝木屋の主人の顔には少し腫《は》れぼったい印象がある。そのことが気に懸かった孝助は、末吉に主人の五兵衛《ごへえ》を座敷に呼び出しておくよう耳打ちすると、足早に進み出た。

「宝木屋様、わざわざお越しいただいて申し訳ございません。私は番頭の孝助と申します」

孝助は腰を低くしながら宝木屋を見上げた。

「あなたが評判の若い番頭さんですか。よく私のことを覚えて下さっていましたね」

宝木屋の表情は重苦しく、体から力を感じられない。どこか具合が悪いのは明白だった。

「それはもう、お客様を忘れるようなことはございません。今日の御用の向きはいかがなものでしょうか」

「いささか苦情を申し立てにきたのです。私が苦情を言っているところを店の者に見せたくないので、一人で参りました」

「それはそれは」

孝助は恐縮し、さらに腰を低くした。

宝木屋は表情を歪《ゆが》め、何やら苦しそうだ。大事があってはいけないと思い、孝助は宝木屋を奥に通してから事情を聞くことにした。

「じっくりお話をお伺《うかが》いしますので、奥へお足をお運びいただけますか。主人の五兵衛もおりますので」

「わかりました」

宝木屋が歩み始めようとした際、ぐらりと体が揺れた。孝助は慌てて両手を伸ばし、宝木屋の体を支えた。

「失礼しました」

「どこかお悪いのでございますか」

「いいえ、つまずいただけです」

宝木屋は沈んだ顔で言った。孝助は宝木屋の背にそっと手を添えながら歩いた。

奥の座敷に上がると、末吉から事情を聞いた五兵衛が既《すで》に待っていた。

「宝木屋さん、ようこそいらっしゃいました」

五兵衛がにこやかに迎えた。

「お久しぶりです」

宝木屋は頭を下げ、座敷に上がった。

孝助もその後に続き、座敷の隅に座す。わざわざ材木問屋の主人が苦情を言いにくるのだ。何事か聞き届けなければならない。

「なにか私どもがご迷惑をおかけしましたかな」

宝木屋の正面に座った五兵衛が訊いた。

「これですよ」

宝木屋が懐から紙袋を取り出した。

袋には、養生屋の印である神農《しんのう》大帝の絵が描かれている。薬名は「竜胆瀉肝湯《りゆうたんしやかんとう》」。排尿に不自由を感じている人に処方される薬だ。年齢が高まると、どうしても排尿が不自由になってくる。そうした人が重宝《ちようほう》している。

「私どもで調合したものでございますね」

五兵衛は袋を手に取り、じっくりと眺《なが》めた。

「一年半ほど前、どうも小水の出具合に不調をきたして、こちらにご相談に参ったことがありました」

「覚えておりますよ」

「痛みと、小水を出してもまだ残っているような嫌な感じが我慢できなかったのです」

「そのような症状によく効くということで『竜胆瀉肝湯』をお勧めいたしましたが……」

五兵衛は宝木屋の不機嫌《ふきげん》そうな顔を見つめ、慎重に話す。

「うーん」宝木屋は渋面《じゅうめん》を作り、小さく唸《うな》った。「最初は効果があったのですが、飲み続けているとだんだんと痛みが激しくなりましてね。体がだるくなり、足などに水が溜まったようにむくみが出るようになったのですよ。最近は吐き気がし、食欲が落ち、夜、頻繁《ひんぱん》に起きるようになりました。小水が出そうな気がして厠《かわや》に駆けつけるのですが、それが出ないんですなぁ。辛くて辛くて……」

「それで、この薬が原因ではないかとお疑いになられたわけですな」

五兵衛は言った。

すると宝木屋は急に険悪な顔になり、厳しい口調で言った。

「疑いではない。私が何かいい加減なことを申しておるような言い方をされるのか。この薬を飲むのを止《や》めたら、調子が戻ってきたのだ」

焦った五兵衛は、座敷の隅に座る孝助に顔を向けた。

「いえいえ、いい加減だなどと、そのようなつもりはございませぬ。のう、孝助」

「はい、旦那様」

すぐさま孝助は答えた。

「この薬には、なにが配合されているんだ」

宝木屋が孝助を振り返り、睨《にら》み据《す》えた。

「竜胆瀉肝湯には竜胆《りんどう》の根を主にし、黄芩《おうごん》、沢瀉《たくしゃ》などを調合してございます。すべて古来より体を温め、小水にて毒を体の外に排出する効果があるとされております」

孝助は辞を低くして答えた。

「宝木屋さん、おかしなものは含まれておりませんが……」

五兵衛は穏《おだ》やかに取りなした。

「しかし……のう」宝木屋はまだ諦《あきら》めきれない様子だった。「私はこの薬の服用を止めたら、小水を出す際の痛みがわずかに和《やわ》らいだのだ……」

「孝助、ほかの客から似たような訴えは来ておるか」

「今のところは来ておりませぬが……」

五兵衛の問いに、孝助は首を振りながら答えた。

「あくまで養生屋さんには責任がないとおっしゃるのか。私は苦しんでおるのですぞ」

　宝木屋は拳を畳にたたきつけ、激しい口調で言った。

「いえ、そのようなわけでは……」

「旦那様」困惑する五兵衛を遮《さえぎ》って、孝助が口を挟んだ。「お小水に関わる病には、他に当帰四逆加呉茱萸生姜湯《とうきしぎゃくかごしゅゆしょうきょうとう》がございます。もし、両薬ともに問題があるのでしたら、共通して含まれている薬種が不具合を起こしていることになります。両薬に何か問題が起きていないか、私に調べさせていただけますでしょうか。宝木屋さんのお体も心配でございますから」

「わかりました。そういたしましょう」

　五兵衛が頷いた。

「そうしていただけるとありがたい。私は養生屋さんのためを思って足を運んでまいりました。何も嫌な事を言うためだけではありませぬ。私よりもっと尋常《じんじよう》でない方がおられるかもしれないと思ったのです。この薬が本当に原因かどうかは、実際のところ私にもわかりません。しかし服用を止めてから、わずかながらも調子が良くなったことは事実ですから」

　ようやく宝木屋は納得したように満足げな顔をした。

「お心遣い、ありがとうございます」

五兵衛は頭を下げた。

「では失礼いたします」

宝木屋は腰をあげようとした。その時、体がぐらりと揺れた。

孝助は素早く動き、宝木屋の体を支えた。宝木屋は額《ひたい》に汗を滲《にじ》ませ、苦しそうに呻《うめ》いている。

「宝木屋様、お気をつけくださいませ」孝助は体を支えながら、五兵衛に視線を向けた。「旦那様、徳庵先生にお使いを出しましょう」

「おお、すぐに手配する。宝木屋さんにはひとまず、ここで休んでもらおう」

「はい！」

孝助は女中頭のお花を呼ぶと、布団《ふとん》を敷いてもらい、そこに宝木屋を横たわらせた。宝木屋は背中の辺りが痛いのか、仰向《あおむ》けにはならず横向きになって呻いている。

「今、徳庵先生を呼びにいかせた。もうすぐ来られるだろう」

座敷に戻ってきた五兵衛の顔は、不安に満ちていた。薬について苦情を言いにきた宝木屋がその場で倒れたのである。このことが世間に知られたら、当然、薬のせいだと言われるだろう。養生屋の信用が失墜《しっつい》してしまうかもしれない。

「旦那様」

孝助が五兵衛を見つめた。

「なんだね」

「今すぐ、店にある竜胆瀉肝湯と当帰四逆加呉茱萸生姜湯を引き上げましょう」

「当帰の方は引き上げずともよいではないか。問題は出ておらぬ」

「はい。そうではありますが、今までなんの問題がなかった薬が突然、人様に害を及ぼすおそれがないとも言いきれません。とりあえずは、これらを引き上げましょう。そして他に問題がないかすぐに調べます」

下唇を噛んだ五兵衛は、悔しげに思案している。二つの薬は店にとっては大事な売れ筋でもあるからだ。

「うーむ」五兵衛の眉間《みけん》の皺《しわ》が深くなる。

「旦那様、迷っている場合ではありません」孝助は断固として主張した。「父が治める丹波では山火事が発生しますと、可能な限り広い範囲の木や下草を切ると申します。その方が山火事の広がりを防ぐことができるのだそうです。父は問題が起きると『大きく産んで小さく育てる』のが基本だと教えてくださいました。

もし薬による害を放置したとなったらお店はお取り潰しになります」

「わかった。この処置は孝助に任せる。頼んだぞ」

五兵衛は苦渋《くじゅう》に満ちた顔で、横たわる宝木屋を見つめていた。先ほどの苦しみは消えたのか、宝木屋は静かな息を吐き、眠っている。

「徳庵先生が来られました」

丁稚の声が聞こえた。

三

「いかがでしたか」

五兵衛は徳庵に訊いた。

その前に横たわる宝木屋の意識は正常に戻っており、徳庵の話を聞き洩《も》らすまいと真剣な目つきである。

「うーん。腎《じん》の臓《ぞう》が痛んでおるのは間違いない」

徳庵は眉根《まゆね》を寄せた。

「養生屋さんが天下の名医である徳庵先生と懇意《こんい》にしておられるとはお聞きして

おりましたが、こうして診察が受けられるとは、私は幸せ者です」

宝木屋は自分の体の不調には触れずに、徳庵に感謝を述べた。

「そこまでの医者ではござらぬよ」

徳庵は苦笑した。

「治りますでしょうか」

宝木屋は弱々しい声で尋《たず》ねた。

「すくなくとも、悪くなるのは避けることができる。あなたは味の濃いものがお好きではないかな」

「はい。塩気が強くないと、食べた気になりませぬ」

「うーん」徳庵は顔をしかめた。「腎の臓は、黙々と体内の毒を浄化し、それを小水として体外に排出してくれている。まことに辛抱強い臓なのだよ。それを長く使うには、体内に取り込む毒を少なくすることである」

徳庵の説明に、宝木屋は真剣に耳を傾けている。

「塩気の物は少なくしなさい。漬物ばかり食べてはいけない。野菜はとにかくよく煮ること。西瓜《すいか》など体を冷やすものなども口にせず、主人だと言って座敷にでんと座っているのではなく、率先《そっせん》して動くことだ。良きものを食べ、体を動かすことで喜びにあふれる生活をすれば腎の臓を長く使えるだろう。それに小水を出す助けをしてくれる竜胆瀉肝湯などを服用するのがいいであろう」

徳庵の言葉に、孝助たちはドキリとした。

「実は……」孝助の口が開いた。「宝木屋さんは、養生屋の竜胆瀉肝湯に問題があるのではないかと、忠告に来てくださったのです」

「そうであったか」徳庵は思案げに首をひねった。「確かに薬は毒にもなりますからな」

「やはり薬は必要ですか。私の病は薬が原因なのではないでしょうか」

宝木屋が訊く。

「病というのは、たった一つが原因ということはない。あなたの場合は食を主とし、薬を従とするのがよいであろう。私が時折、顔を見に伺いましょう。それでよろしいかな」

「ありがとうございます。先生に診《み》ていただけるならこれほどの幸せはございません」宝木屋が体を起こした。「さて、具合が良くなってきましたので、駕籠《かご》を呼んでいただけますか」

「すぐにお呼びします」孝助は深々と頭を下げた。「先ほどお約束しましたことは、ちゃんとお調べしますので。この度は本当にありがとうございました」

駕籠はすぐに到着し、宝木屋は帰っていった。

宝木屋を見送ったところで、徳庵が五兵衛に向き直った。

「宝木屋が言っていた、薬に問題があるというのはどういうことか」

「はい。私どもが調合した竜胆瀉肝湯が因《もと》で体の具合が悪化したとおっしゃるのです」五兵衛は徳庵を仰《あお》ぎ見た。「長年、多くの方にご愛用いただいている薬でございます。なぜなのか、わかりませぬ。ひとまず孝助の提案で、竜胆瀉肝湯と当帰四逆加呉茱萸生姜湯の販売を取り止め、他に不調を訴えている人がいないか、急ぎ調べる考えでございます。もしよろしければ先生にもお知恵を拝借できればと存じますが、いかがでしょうか」

「客から薬に疑いを持たれたら、それは薬屋にとって致命傷である。ただちに疑いを晴らさねばならぬ。販売中止、ならびに服用者を調べるというのは大事である。私も協力しよう。なあに、こうした客からの訴えがあったことは、私から奉行所にあらかじめ伝えておくからご安心くだされ。養生屋からも急ぎ届けなさい。届け出がなかったと言われ、痛くもない腹を探られても面白くないからな」

徳庵は笑みを浮かべた。上様の体の具合さえ診る徳庵が奉行所に問題を事前に伝えてくれれば、奉行所役人たちは何も言うことはできないだろう。

「ははぁ」五兵衛は畳に頭を擦《こす》りつけ、低頭した。「まことにありがとうございます」

「さて孝助、すぐに調べにかかれ。ただし闇雲に調べても埒《らち》が明かぬ。今まで何事もなかった薬に、急に問題が起きたかもしれぬというところが肝《きも》であるな。もし他にも不調を訴える者があらば、いつ処方した薬に問題が起きたのか、それ以前の薬との違いは何かを、特に注意して調べるのだ」

「わかりました」

孝助は真剣な顔で頷いた。この問題を適当に処理したならば養生屋の存続に関わるかもしれない。なんとしても解決しなくてはならないと意を強くしたのである。

四

孝助は手代の弥三郎《やさぶろう》を呼び出した。

弥三郎は越後《えちご》の出身で孝助より歳上だが、若い番頭の孝助に嫌な顔をせずに接してくれている。真面目をそのまま絵に描いたような人物で、孝助はもとより五兵衛からの信頼も厚い。

　孝助は、弥三郎と二人だけで、竜胆瀉肝湯と当帰四逆加呉茱萸生姜湯を処方した全ての客から聞き込みをすることにした。大変な作業になるかもしれないが、店を救うためにはやらざるを得ない。他の手代や丁稚たちを調べに加えたいが、あまり大人数で調べると店内に動揺を来《きた》すかもしれない。

　いずれの薬も、古くから腎の病に有用だとされてきた。養生屋でも、病が癒《い》えたと喜びの声を聞くことが多かった。それが突然、毒に変わってしまったなどということが起こり得るのだろうか。

　竜胆瀉肝湯には、竜胆、黄芩、山梔子《さんしし》、沢瀉、車前子《しやぜんし》、木通《もくつう》、当帰《とうき》、地黄《じおう》、甘草《かんぞう》などが配合されている。

　一方、当帰四逆加呉茱萸生姜湯には、当帰、桂皮《けいひ》、芍薬《しやくやく》、細辛《さいしん》、呉茱萸《ごしゆゆ》、生姜《しようきよう》、木通、大棗《たいそう》、甘草などが使われている。

　これらのうち、どの薬草が悪さをしているのか。それとも今回の事態は、宝木屋の不摂生《ふせつせい》によるものなのだろうか。

「調べの方策を確かにしましょう」孝助は弥三郎に言った。「『竜胆瀉肝湯』を処方した人だけに問題があり、『当帰四逆加呉茱萸生姜湯』に問題がない場合は、どのように考えればいいかわかりますか」

弥三郎は首を傾《かし》げ、真剣に考えている。

そして恐る恐る口を開いた。

「『竜胆瀉肝湯』のみに問題があれば、それにのみ処方されている薬草が悪さをしていると思われます。もし二つの薬に共に問題があれば、それらに跨《また》がって処方されている薬草が悪さをしていることになるのではないでしょうか」

「その通りでしょう。さすがです、弥三郎さん」孝助は微笑《ほほえ》んだ。「『竜胆瀉肝湯』のみに処方されているのは、竜胆、山梔子、車前子、地黄。二つの薬に共に処方されているのは、木通、当帰、甘草ですね。では弥三郎さん、疑わしい薬草がいくつも見つかったら、いかがいたしましょうか」

「いくつもですか……」

弥三郎は困惑した。

「その場合は」孝助が語気を強めて言った。「私がそれらを服用して、自分の体で問題があるかどうか調べます」

「番頭さん、ご自分の体で試されるおつもりですか。それは……」

弥三郎は孝助の覚悟に凄《すさ》まじさを覚えた。

「当然のことをやるまでです。さあ、弥三郎さん、調べにかかりましょう」

孝助は厳しい顔つきでそう言って、聞き込みの手分けを確認した。

第二話　噂《うわさ》

孝助は降ってわいたような薬害の訴えに対処いたすことにあいなりました。一方、丁稚たちは両国の川開きの日が休みとなり、店を挙げて花火見物に出かけることが決まって大喜びであります。

皆さま、隅田川《すみだがわ》は江戸では大川と呼ばれておりました。

大川には五つの橋が架けられておりました。千住大橋《せんじゅおおはし》、両国橋《りょうごくばし》、新大橋《しんおおはし》、永代橋《えいたいばし》、そして大川橋《おおかわばし》でございます。

そのうちの両国橋は武蔵国《むさしのくに》と下総国《しもうさのくに》をつなぐものであったためその名が付けられたと申します。

両国橋が架けられたのは、死者十万人を数え、江戸城天守閣をも焼いた明暦《めいれき》の大火（一六五七）、いわゆる振袖火事がきっかけとのことです。

江戸幕府は当初、防衛の観点から大川には千住大橋以外、架橋いたしませんでした。ところが明暦の大火で燃え盛る火に追われた人々が逃げ場を失い、多数の命が失われました。もし橋があったなら助かった命もあったはずでございます。

そこで幕府は両国橋の架橋に踏み切ったのです。

記録によりますと、長さは九十四間《けん》と申しますから約百七十一メートル。橋の両側には火除け地が設けられておりましたので、そこには軽業《かるわざ》や芝居などの小屋が立ち、料理屋などが多くございました。

川開きの花火大会ともなりますと、花火見物の客で大層賑わいました。現在の隅田川花火大会を思わせる活況を呈していたのであります。

大川の川開きは享保《きょうほう》十八年、旧暦の五月二十八日に始まったと申しますから、今から二百九十年ほど前のことでございます。その前年、江戸は大変な飢饉に襲われ、多くの人が亡くなりました。そこで彼らの魂を癒し、悪疫退散の祈りを込めて両国橋あたりで水神を祀《まつ》り、花火を上げたのが最初だと言われております。

さて賑わいます両国橋の付近には花火見物の船が多数出ております。その中に養生屋ご一行を乗せた船もございます。今夜ばかりは無礼講《ぶれいこう》とばかりに、丁稚たちは花火が打ち上がる度に「玉屋!」「鍵屋!」とはしゃいでおります。

1

どーん、どーん。

暗い夜空に花火が上がる。両国橋が一瞬、真昼の明るさになり、多くの人々が空を見上げているのが見える。彼らの頭上で大輪の菊のごとき花火が鮮やかに夜空を彩る。

「玉屋！」「鍵屋！」

橋のあちこちから声が上がる。

「きれいです。とても」

おみつが孝助に寄り添いながら夜空を眺めている。

「どうしてあれほど真ん丸に広がるんでしょうね」

孝助が呟いた。

「孝助は花火を見るのが初めてだったか」

五兵衛が訊いた。妻のおさちが、五兵衛の盃《さかずき》に酒を注《つ》いでいる。

「はい。初めてでございます」

「花火の中には火薬の玉が入っておる。星と言ってな。それを丁寧に並べて玉込めすると、あのようにきれいな丸になるんだよ」

五兵衛が得意げな顔で言った。

「どこかの芸者衆からの受け売りではありませんか」

おさちが皮肉たっぷりに茶化した。

「あ、あ、何を申すか。そうではない。鍵屋から直《じか》に聞いたのだよ」

五兵衛が慌てる。その慌てぶりを見て、おみつが笑った。

「丁稚たちも皆、大喜びですよ」

孝助は、隣に浮かぶ船を指さした。そちらには手代や丁稚、女中たちが乗っている。

「花火そっちのけでお稲荷《いなり》さんを食べていますよ」

「よいではないか。お花が稲荷ずしをたくさん作ってくれたからな。今日はお腹が破れるほど食べてよい」

手代や丁稚たちの船では、お花が中心となって作った稲荷ずしや煮しめが、山と振る舞われていた。

「旦那様、本当にありがとうございます。ご無理を申し上げました」

孝助は頭を下げた。孝助と同様に、丁稚たちも両国の花火見物をしたことはない。藪入《やぶい》り以外に休みはない。それが商家の仕来《しきた》りである。しかし、本音を言えば、日ごろの疲れを癒す時間も必要である。

ある時、客が丁稚に対して「江戸っ子ならよ、大川の花火くらい一度は見ておくもんだぜ」と話しているのを、孝助は耳にしたことがある。江戸で商売をさせていただきながら江戸のことを知らないでは、客との話題にも事欠くのではないか、と孝助は気づかされた。

店を早じまいして川開きに丁稚たちを行かせたいと五兵衛に相談したのは、それが理由であった。

五兵衛は、それは名案だと、すぐに了解した。実は五兵衛は、妻のおさちも娘のおみつも川開きには連れていったことがなかったのである。五兵衛は毎年、茶屋の女将《おかみ》や芸者衆たちと舟遊びをしながら花火を見ていた。

「ご自分だけお楽しみですこと……」と、おさちにはよく皮肉を言われたものである。

「いやぁ、罪滅ぼしじゃよ。明日からまた皆に元気で働いてもらいたいからな」

五兵衛が盃を干した。

「まさか船を出していただけるとは思ってもおりませんでした」

「橋の上やその周りから見るよりはいいだろう」

「ええ、それは、もう。大変な違いです。花火の音が、こんなにも腹に響くとは驚きでございます」

孝助は、隣に座るおみつに同意を求める。おみつは微笑して頷いた。

その船には、五兵衛夫婦と孝助、おみつの四人だけが乗っていた。いわば家族水入らずというわけである。

「ところで孝助、例の問題はどうなっているかの」

五兵衛が、おさちに注がれた盃を傾けながら訊いた。

例の問題とは、宝木屋が養生屋の処方した竜胆瀉肝湯を飲んで体調が悪化したと苦情を申し立ててきたことである。

「今、弥三郎さんと調べております。ご注文の台帳から、例の薬と当帰四逆加呉茱萸生姜湯を処方したお客様一人一人にお訊《たず》ねしているところです」

「苦情はあるかい」

五兵衛がじろりと孝助を見つめた。

孝助は思案した。まだ全ての調べが終わったわけではないが、二つの薬とも宝木屋と同様に不調を訴える客が数十人いるのだ。中には重篤《じゅうとく》な者もいる。もしかすると亡くなった者も……。

孝助は、一般的な注意として、体に合わない薬の服用は中断するように、と客に依頼した。

「今しばらくお時間を頂戴《ちょうだい》したいと存じます」

「そうか」五兵衛は口ごもった。そして「怪訝《けげん》に思われてはいないか」と渋面を作った。

「それはございません。しかし、原因がはっきりしたならば、なんらかの償《つぐな》いが必要かと存じます。いまだ重篤な症状の方もおられますので……」

孝助は神妙な顔つきで申し出た。

「償いのぉ……。うちだけがその薬を売っているわけではない。腎の病は簡単に治るものでもない。私は、客のためを思って最善を尽くしているのだが……」

五兵衛が夜空を見上げた。

「十分、承知しております。調べた結果は、徳庵先生と共に逐一《ちくいち》、奉行所《ぶぎょうしょ》の方にもご報告しております」

「そうか……。孝助、頼んだぞ」

「はい」

孝助は深く頭を下げた。

「あらあら、こんな日に仕事の話をするなんて、無粋《ぶすい》ですよ。そんなことをするから花火が終わってしまいましたよ」

おさちが怒った顔をした。

「おお、すまん、すまん。つい気になっていたことがあっての。ところで今夜の料理は九平治《くへいじ》殿が作ってくださったというのは本当か」

五兵衛たちが乗る船の料理は、丁稚たちの船のとは違い、鰻《うなぎ》、鱧《はも》、鰺《あじ》などを使った贅沢《ぜいたく》なものだった。

「はい、そうですよ。この船も九平治さんが用意してくださったのです」

おさちが言った。

「九平治さんに花火見物の相談をしましたら、すべて任せてくれとおっしゃいまして……」

孝助が言い添えた。九平治は、かつて孝助の母お栄が働いていた旅籠海老屋の若い衆であった。が、お栄亡き後に海老屋を辞め、五兵衛の支援を受けて、ここ両国で店を開いていた。

「私を助けて下さった方ですもの」

おみつが微笑む。

「良きことをしていれば良き人と出会える、というのは本当じゃ」

五兵衛が満足げに言った。

船が船着き場に着くと、そこには九平治が待っていた。丁稚たちの船は先に上がっている。

「旦那様、ご無沙汰《ぶさた》でございます」

九平治が腰を折った。

「おお、九平治殿。料理はおいしくいただきましたぞ。ありがとうございます」

五兵衛は満面に笑みを浮かべた。

「なんの、お礼を言わなくちゃならねぇのはこっちの方でございます。旦那様のお蔭で店を持たせていただきまして。お蔭様で繁盛しております」

「それはいいことです。不断節季《ふだんせっき》と言いますから、いつも節季のように身を引き締めて励みなさいよ。私も寄らせていただきますから」

「ぜひ、お越しください。御新造《ごしんぞう》様とご一緒に」

九平治がおさちを見て、にやりとした。

「旦那様、九平治さんもこのようにおっしゃっておりますので、ぜひお連れくださいましね」

おさちが五兵衛の手を取った。

「はい、はい。わかりましたよ」五兵衛が苦笑した。「さあ、駕籠が来ました。私は帰らせていただきますよ。みんな、もう暗いから寄り道してはいけませんよ」

「はい、旦那様」

手代や丁稚たちが声を揃《そろ》えた。

五兵衛が駕籠に乗る。おさちもおみつも、それぞれの駕籠に乗った。

夜道が危ないという五兵衛の配慮で、女中たちにも駕籠があてがわれた。駕籠など乗ったことがない女中たちは、大はしゃぎである。

孝助は彼らを見送ると、手代や丁稚たちと徒歩《かち》で日本橋本町まで帰ることになる。

「孝助さん」九平治がなにやら深刻そうな表情で近づいてきた。「ちょっといいですか」

「なんでしょうか」

九平治の表情を見るに、いい話ではないだろうと孝助は推察した。

「最近、怪しい風邪《かぜ》が流行《はや》っているのでございますよ。ご存じですか」

「風邪、ですか」

「はい。なんでも咳《せき》がひどくて、熱も高く、かなり苦しむそうです。亡くなった方もいるとかいないとか」

「そういえば、わたしどもの店にも、咳止めや熱さましを求める客が増えてきたように思えます」

「やはりそうですか……。どうも嫌な予感がするんですよ。花火見物の客の中にも、咳き込んでいる人が結構いましたからね」

「そうでしたか」

「料理屋をやっておりますと、病人が増えるのが一番堪《こた》えるのでございます。孝助さんのところは大儲《おおもう》けでしょうが……」

「いえ、そんなことはありません。病を治すのがお役目ですから」

孝助の顔に困惑が浮かんだ。

「失礼を申し上げましたのはご勘弁願います。いえ、こんなことを申しましたのは、ぜひとも養生屋さんに頑張《がんば》ってもらいたいと思ったからでございます。大事にならないといいのですがね……」

「わかりました。皆様のお役に立てるように努めます」

孝助は礼を言い、頭を下げた。

孝助は薬害問題も抱えており、九平治の言う風邪が流行らなければいいのだが、と願わずにはいられなかった。

2

孝助と手代の弥三郎は、丁稚たちが寝床に入った頃を見計らって帳場で落ち合った。店の中は暗く、行燈《あんどん》の灯りがぼんやりと帳場を照らしている。

「だれもいないですね」

孝助が辺りを警戒した。

「ええ、皆、すやすやと眠っております」

弥三郎が微笑みを浮かべた。丁稚たちの寝相の悪さでも思い浮かべているのだろう。

「それでは弥三郎さん、調べた結果を摺《す》り合わせましょうか」

「私は、それぞれ三十人ばかりのお客様にお話をお聞きしました。特段、何事もなかった方が大方でございましたが、両方の薬で『ちょっと小水の出が悪くなった』とおっしゃる方がおられました」

「私の方も同じくらいのお客様にお話をお聞きしました。やはり両方の薬で不具合を口にされる方がおられましたね」

「宝木屋さんほど重篤な不具合をおっしゃる方は、私の方にはおられませんでした」

「それは良かったです。私の方では、呉服《ごふく》問屋越後屋《えちごや》の番頭さんが、体がすぐれないとお苦しみでした。なんとかせねばなりません」

孝助は眉根を寄せた。

「ということになりますと、両方の薬とも腎の臓に悪さをすることがある……」

弥三郎が思案げに首を傾げた。

「そうなりますね。どのお客にも、という訳でもなさそうですが」

「不具合が出たので服用をお止めになった方がおられます。不具合が出る方と出ない方の違いは、真面目に服用したかどうか、でございましょうか？　案外、薬というものは、最後まで服用される方が少ないようでございます」

弥三郎が諦め気味に肩を落とした。

「薬屋にとっては残念なことではありますが、こと今回に限っては、少し幸《さいわ》いしておるかもしれません」孝助は苦い顔をした。「いずれにしても、安心して服用していただける薬を提供しなければ、お客様にご迷惑をおかけしますし、ご公《こう》儀《ぎ》からきついお叱《しか》りを受けることになりましょう」

「お店、お取《と》り潰《つぶ》しということでございましょうか」

弥三郎の口元が不安で歪んだ。

孝助がコクリと頷いた。

「しかし、心配することはありません。不具合の源を明らかにして、ご公儀にお知らせし、ご迷惑をおかけしたお客様にはちゃんとお詫びすればいいのです。そのように徳庵先生もおっしゃっておられます」

「それを聞いて安堵《あんど》いたしました。徳庵先生様、様でございますね」

弥三郎の肩から力が抜けた。

「徳庵先生にご迷惑をおかけしないためにも問題を明らかにする必要があります。両方の薬に不具合が出たということは、最初に見当をつけたように、両方の薬に共に処方されている薬種が悪さをしているということになりますね」

「そうなります。すると、甘草、当帰、木通でございます」

弥三郎が三つの薬種の名を挙げた。

甘草はマメ科の植物で、その名の通り噛《か》むと甘味がある。昔から使われている薬種だ。咳を鎮《しず》め、痰《たん》を切る、喉の痛みを取るなどの効能がある。

当帰はセリ科の植物で、血流をよくしてくれるため、冷え性、強壮、鎮痛、婦人病などに多く利用される。

木通は、アケビ科の植物だ。蔓《つる》に空洞があって空気が通るため、この名があると言われている。消炎、利尿、清熱、すなわち火照《ほて》りを冷ます効果がある。特に利尿に優《すぐ》れた効果があり、排尿障害に利用される。

この三種の薬種のどれかが、腎の病を引き起こしている可能性がある。

一種なのか、二種なのか、それとも三種ともなのか……。

甘草は、甘草湯《かんぞうとう》、安中散《あんちゆうさん》、温経湯《うんけいとう》、黄耆建中湯《おうぎけんちゆうとう》など、非常に多くの薬に使われている。もしこれが悪さをしているならば、薬種問屋の商いそのものが成り立たなくなってしまうだろう。

当帰も多くの薬に使われている。当帰散《とうきさん》、当帰芍薬散《とうきしやくやくさん》、当帰湯《とうきとう》などである。薬名の頭に冠せられるほど、効用があるのだ。これが悪さをしていると、やはり商いに大きな影響がある。

木通はというと、問題のあった二つの薬の他に使われているのは、五淋散《ごりんさん》、通導散《つうどうさん》などである。やはり尿の出をよくする薬だ。売れ筋であり、これが悪さをしているとなればこれもまた商いが細ってしまう。

どの薬種が問題を起こしているのか、早急に突き止めねばならない。そのために何をすればいいのか。方法は一つだけである。やはり孝助自らが、それらをある程度の期間、服用し、体の変調を調べるしかない。

孝助は、宝木屋からの訴えがあった時から覚悟をしていた。自分の体を使って調べるしか方法がないということを……。

「あのぅ」弥三郎が遠慮がちに声をかけた。「番頭さん、徳庵先生にご相談しましょう。三つの薬種が悪さをしているかもしれないところまで突き止めましたから、この後は徳庵先生のご指示にしたがいましょう」

「いや、私が自分で服用してみる」

孝助は強く言った。

「それは絶対にお止めください。番頭さんの覚悟には薄々気づいておりました。どんなに体に良い薬種でも、薬は毒でもあります。どれが悪さをしているかを突き止めるには、薬種を通常より多く服用することになります。そんなことをすれば取り返しがつかないことになります」

「弥三郎さんが心配してくれるのはありがたいが、他に方法はありません」

「それなら私が番頭さんの代わりに服用します」

弥三郎が孝助を睨みつけた。

「それはなりません。弥三郎さんは、養生屋になくてはならないお方です」

「番頭さん、おかしなことをおっしゃらないでください。なくてはならないのは番頭さんも同じではありませんか」

「しかし……ではどうすればいいのか」

孝助は苦悶《くもん》の表情を浮かべた。

「ですから徳庵先生にご相談申し上げましょう。良い知恵を授けてくださるに違いありません。お願いします。明日一番に、徳庵先生のところに参りましょう」

弥三郎が頭を下げるのを、孝助は唇を嚙みしめながら無言で見つめた。

3

明け六つ、町木戸が開くと同時に、孝助と弥三郎は、甘草、当帰、木通を持って徳庵のところへ急いだ。まだ辺りは薄暗いが、多くの商店では丁稚たちが店の前の掃除を始めていた。

孝助は弥三郎の真摯《しんし》な思いに打たれ、とりあえず徳庵に相談することを了承したのである。

相生町の徳庵の裏店の戸は、まだ堅く閉まっていた。

孝助は戸を叩き「徳庵先生、徳庵先生」と声をかけた。

「だれじゃな。こんなに早く」

家の中から声がする。

「孝助でございます」

孝助は、辺りの静けさに配慮して小声で言った。

閂《かんぬき》を外す音がして、がらりと戸が開き、寝間着姿の徳庵が姿を現わした。

「おお、孝助か。こんな早くにどうしたというのだ」

「相談がございます」

孝助は低頭した。背後の弥三郎も同じように頭を下げた。

「話を聞きましょう。さあ、中へお入りなさい」

徳庵が手招きをする。

「ありがとうございます」

孝助は恐縮して、徳庵の裏店に足を踏み入れた。

4

「よく突き止めました」

話を聞いた徳庵は、二人を褒めた。

孝助が座る膝《ひざ》の前には、三種の薬種——すなわち甘草、当帰、木通が並べられている。

「先生、私がそれぞれの薬種をしばらく服用し、三種のうち、どれが悪さをしているのか調べたいと思いますが、いかがでしょうか」

徳庵が、驚きに目を見開いた。

「先生、それはならぬとお止めいたしました」

弥三郎が口を挟んだ。

「弥三郎さんのお気持ちは嬉しいのですが、どの薬種が悪さしているのかを突き止めるには、私の体を使うしかございません」

「番頭さんは養生屋にとって、なくてはならないお方です」弥三郎は額《ひたい》を畳に擦《こす》りつけた。「そのような危ないことをさせるわけにはまいりません。もし、それしか方法がないと徳庵先生がおっしゃるのであれば、私が代わりにやらせていただきます」

「弥三郎、頭を上げなさい」

徳庵が穏やかに言った。弥三郎が頭を上げる。

「孝助や。弥三郎は、良い手代であるのぉ」

徳庵が感極まった様子で言った。

「はい、ありがたいことであります」

「三種の薬種の中で、最も疑っているのはどれであるか。自分の体を使って悪さの源を突き止めようというのであれば、まさか三種とも同様に疑っているのではあるまい」

徳庵が孝助をじっと見つめて、訊いた。

「はい。恐れながら、その通りでございます」

「最も疑わしいのはどれか、申してみよ」

「木通でございます。と申しますのは、甘草は多くの薬に使われております。それらに重篤な禍が起きたということはございません。次に当帰は、体の血脈を良くする働きをするもので、宝木屋様の症状を引き起こすとは思われません。そうなりますと、木通が最も怪しいということになります。そもそも木通は尿路の不調を良くする薬種でございます。そのことから考えましても木通が最も怪しいかと存じます」

孝助は、目の前に置いた木通を取り上げ、徳庵に差しだした。

徳庵は、孝助から木通を受け取り、しげしげと眺める。茶色いアケビの蔓である。

「しかし、なぜ木通が悪さをするようになったか、本当に木通が悪さの源なのかを調べるには、私が服用するしかないのかと思い定めております」

孝助は、徳庵の許しが得られれば、自分の体で確かめようと覚悟を定めていた。

「……やはりな」徳庵は呟いた。「これは木通ではない」

「えっ」

孝助は驚きで言葉に詰まった。

「アケビ由来なら断面がもっと白っぽいはず。これは茶であろう」

孝助は、まじまじと木通を見つめた。確かに茶のような印象だ。

「これは関木通《かんもくつう》といってな。ウマノスズクサ由来である」

「ウマノスズクサでございますか」

「アケビとは似て非なるものだ。ウマノスズクサはあちこちに生えている蔓草だが、毒があるという」

「毒でございますか……。これは長崎の商人から清《しん》国で使われている生薬《しょうやく》と聞き、仕入れておりますが」

「『神農本草経《しんのうほんぞうきょう》』など古い文献によると、似て非なる関木通を処方し続けると、腎の病がかえって深くなると書かれておる。実際、清国では重篤な禍が起きているようだ。孝助、これをいつから使っておる」

「二年ほど前からであります」

孝助は答えた瞬間に、あることに思い至った。

「わかったかね」

徳庵がにんまりとした。

「わかりました。不調を訴えている人たちは、皆、この二年ほどの間に処方した方ばかりです」

「そうであろう。これを木通として処方したのが間違いだったのだ」

「先生、ありがとうございます」孝助は頭を下げた。

「本当に良かったです。これで番頭さんが自分のお体を傷《いた》めることはございませんね」

弥三郎が、安堵の表情を見せた。

「主人の五兵衛に申しまして、さっそく関木通は処分することといたします。これからは本邦で作られたアケビ由来の木通を使用いたします」

「そうするがよい。自分の体を傷める覚悟までしたからこそ、こうして悪さの源を見つけることができたのだ。これからは、薬草が毒にも薬にもなるということをよく腹落ちさせることだ」

徳庵が笑みを浮かべて諭《さと》した。

「ところで先生。宝木屋さんをはじめ、二種の薬で体調を崩されたお客様への償いは、いかようにすればよろしいでしょうか」

「そうじゃのぉ。まず、早急に五兵衛殿を伴って、儂《わし》が直々に奉行所に事態の説明に参ろう。これは偏《ひとえ》に養生屋だけの問題ではない。他の薬種問屋も、二種の薬を売っておるからの」

関木通は、本邦産のアケビ由来の木通よりも価格が安く、多くの薬種問屋が使用している。なにせ漢方の本場である清国で使われていると聞き、どの薬種問屋も疑うことなくこぞって使用しているのである。養生屋以外の薬種問屋でも宝木屋のように不調を訴える客がいるはずだ。

「恐れ入ります」

孝助は頭を下げた。徳庵が、主人の五兵衛と共に奉行所に足を運んでくれれば、これほど心強いことはない。

「孝助、養生屋は今、二種の薬をどのように扱っているのか」

「二種とも店頭から引き上げております」

「そうか、それは適切である。よく決断したのぉ。ならば奉行所にご相談せねばならぬが、他の薬種問屋も養生屋のように誠実に薬の害に向き合えば、お店お取り潰しというような厳しい沙汰はないと信ずる」

「お取り潰し」という言葉を聞いて、孝助の体がびくりと震えた。

「まず奉行所は、薬種問屋組合を通じて触書《ふれがき》を出し、この二種の薬で不具合があった者は申し出よということになるであろう。その上で、奉行所は儂ら医師に患者を診て、治療に当たるよう指示するであろう。中には偽る者もいるから注意せねばならぬが。症状や処置によっては薬種問屋に金銭の負担が生じるとは思うが、それは覚悟するがいい。金銭がどの程度が妥当《だとう》なのかは、儂にも妙案はない。薬種問屋が、個々の患者と誠実に話し合って決めなさい。それが一番である。いずれにしても重要なことは、この薬の害を公《おおやけ》にし、江戸の薬種問屋がまとまって患者の救済に当たることだ」

徳庵は真っ直ぐに孝助を見据えた。

孝助は徳庵の話を、姿勢を正し、神妙に聞いていた。

「すぐに主人と相談いたしまして、薬種問屋組合でまとまって薬の害について対策を講じるようにいたします」

「それがいい。私は今日にでもこの問題を奉行所にご報告する。それについては養生屋が如何《いか》に真剣に取り組んだかを丁寧《ていねい》に説明しておく。後日、五兵衛殿とともに奉行所に参ることになろうかと思うが、その旨《むね》、五兵衛殿に伝えるように頼みましたよ」

「わかりました。よろしくお願いいたします」

孝助は深々と頭を下げた。その後ろで弥三郎も額を畳に擦り付けている。

奉行所の沙汰がどのようになるかは、全くわからない。その意味では不安は募《つの》る。しかし、薬の害に誠実に向き合ったことを徳庵が評価してくれた。それがきっと功を奏すだろうと思うしかない。

「よろしくお願いいたします」

孝助は再び頭を下げた。何度でも下げたい思いである。

「それはそれとして、孝助よ。風邪が流行っておるのを存じおろう」

「はい、存じております。先日、両国の花火を見物した際、九平治さんからもお聞きしました」

「そうか」徳庵は口をへの字に曲げた。「南蛮《なんばん》風邪と、人は噂しておる」

「南蛮風邪ですか……」

孝助は、その奇妙な呼び名に驚きの表情を浮かべた。

「日《ひ》の本《もと》は、古来より疫病に苦しめられてきた……」

徳庵が話し始めた。

最も古い記録である『日本書紀《にほんしょき》』には、疫病の流行により国内の半数の人々が亡くなったと書かれている。原因も治療法もわからない。国を治める天皇は、ただひたすら祈るしかなかった。

「大仏も祭りも、本《もと》を正《ただ》せば疫病退散の祈りである。『蘇民将来之子孫也《そみんしょうらいのしそんなり》』というお札を知っているだろう」

「はい。玄関に貼っておけば疫病から逃れられるお札と聞いております」

孝助は答えた。

「昔、蘇民将来という男が貧しい旅人に宿を貸し、飯を提供した。その旅人は、実は須佐之男命《すさのおのみこと》の化身といわれる牛頭天王《ごずてんのう》だったのだ。旅人は一宿一飯《いっしゅくいっぱん》の恩義に報《むく》いるべく『お前の家は子々孫々疫病から守ってやる』と言った。果たせるかな、疫病が蔓延《まんえん》した際、大勢の人々が次々と亡くなる中で蘇民将来の家族は病に冒されることがなかったという。以来、人々は疫病が流行れば『蘇民将来之子孫也』という札を貼るようになったのだよ」

「薬も効かず、治療法も分からないために神に頼るしかなかったわけですね」

「その通りだが……。日の本は周囲を海に囲まれている。そのため疫病は海の外からやってくるのではないかと私は考えている」

神妙な顔つきで話す徳庵の言葉に、孝助は真剣に耳を傾けた。

どうしようもないほどの不安や悪い予感に、体の芯から震えが来るような気がしていた。

第三話　猖獗《しょうけつ》の兆し

さて皆さま、江戸時代は鎖国《さこく》政策を採用し、外国との交流を禁止していたことはご存じでございますね。

しかし実際は少し違っておりましてね。江戸時代当初はポルトガル船の来航を歓迎し、商人は商売に、宣教師はキリスト教の布教に励んでおりました。その際、ポルトガル人は南蛮人と呼ばれていたのでございます。

今では日本語になっているカステラ、金平糖《こんぺいとう》、シャボン、そしてなんと箱寿司のバッテラさえもが、じつはポルトガル語由来なのです。びっくりですが、こうしたポルトガル語由来の日本語は、約四百語もあると言われております。

しかしポルトガルの宣教師は頑張りすぎたのでしょう。国内にキリスト教が広まってきました。幕府はそれを非常に恐れました。なにせ将軍よりも天主様、イエス・キリストをあがめるのですから、これでは秩序《ちつじょ》が破壊されてしまうと考えたのでしょう。それで南蛮人を閉め出す鎖国政策を採用したのであります。

しかし幕府は、外国の珍しい品物や知識だけは欲しいと考えました。そこで貿易相手をオランダに切り替えたのです。オランダ人にはキリスト教の布教をしないことを約束させた上、長崎の出島《でじま》に閉じ込めることで貿易を許したのであります。オランダ人が紅毛人《こうもうじん》と呼ばれましたのは、背が高く赤毛だったからでしょう。

オランダ商館長はカピタンと呼ばれました。これはポルトガルの商館長の呼び名をそのまま踏襲したものです。英語でいえば、キャプテンでしょう。

カピタンは、出島から海路、陸路を使って将軍に拝謁《はいえつ》する旅を義務づけられておりました。これを「江戸参府」と申しますが、なんと百六十六回にも及んだと申します。オランダ商館が出来てから二百年あまり、一六三三年から年に一回、一七九〇年からは五年に一回の江戸往復の旅でした。だいたい三か月はかかったようです。

庶民たちは、カピタンたちが江戸の街にやってくると、その行列を見物するために黒山の人だかりになったと申します。

1

「江戸に外国の人が来るのは、朝鮮《ちょうせん》通信使節、琉球《りゅうきゅう》使節、そしてオランダ商館のカピタン一行の江戸参府である」

徳庵は話を続けた。

長崎の出島にあるオランダ商館のオランダ人は、普段は出島から出ることを禁止されている。

しかし毎年正月になると、商館長カピタンを先頭に数十人から時には百人にも及ぶオランダ人や出島の役人たちが、長崎を出発して江戸に向かう。将軍に拝謁するための江戸参府である。

彼らは、馬関《ばかん》（現・山口県下関）から船で兵庫の港まで行く。そこからは陸路で大坂、京都を経《へ》て東海道を行き、江戸に入る。

彼らが江戸の本通りを歩くと、通りを塞《ふさ》ぐほど大勢の人が見物に集まった。

自分たちとは全く違う紅毛人の体形、髪の毛、顔の色、鼻の大きさなどに驚き、歓声を上げるのだ。

カピタンが駱駝《らくだ》を連れて行列した時もあった。

当時は大げさでなく、江戸中の人が行列を取り巻き、大変な騒ぎになった。背中にコブのある、馬でもない牛でもない駱駝がゆったりゆったりと歩く様は、今でも語り草になっている。

「今回は、どうもカピタン一行によるものと考えられる。あくまで噂の域を出ないが」

「カピタンたちが泊まるのは、本石町《ほんごくちょう》の長崎屋《ながさきや》ですが……」

カピタンたちは、江戸では日本橋本石町三丁目にある長崎屋を定宿にしていた。

時の鐘のすぐ傍《そば》であり「石町《こくちょう》の鐘は阿蘭陀《オランダ》まで聞こえ」と川柳《せんりゅう》にも詠《うた》われた。

実は、長崎屋は代々源右衛門《げんえもん》と名乗り、養生屋と同じく国内外の薬種を扱う薬種商であった。しかし、かなり以前から幕府に命じられ、カピタンたちの江戸参府の宿を提供していたのである。

大変な用向きだが、朝鮮人参《にんじん》、龍脳《りゅうのう》、砂糖など、なかなか手に入れることのできない貴重な品物の提供を受けるなど、役得も与えられていたのである。

特に龍脳は貴重で高価な薬種である。南方の木の樹脂《じゅし》から精製され、その清々《すがすが》しい香りは頭痛、歯痛、眼病に効果があるといわれている。

カピタンたちが長崎屋に逗留《とうりゅう》すると、その周りは文字通り黒山の人だかりとなる。長崎屋は、養生屋がある日本橋本町三丁目と近い。その賑わいは養生屋の店先にまで及んだ。

「カピタンを見たか」

「紅毛人というだけあって髪の毛が紅《あか》いのぉ」

養生屋の客たちもオランダ人たちの話題で飽きることがなかった。

丁稚たちもそわそわとし、中には叱られるのを承知で長崎屋まで駆けていく者さえいた。

孝助も、本石町に立ち寄った折にカピタンたちの行列を見物したことがある。

カピタンは多くの武士に先導されながら、見物人や本石町の街並みを興味深そうに眺めつつ歩いていた。

赤橙《せきとうしょく》色の鮮やかな合羽《かっぱ》のような南蛮蓑《なんばんみの》を翻《ひるがえ》し、黒とも紺とも見える羅紗《らしゃ》の股引《ももひき》のようなものを穿《は》いていた。あれは股引ではなく、ブロウクというらしい。動きやすそうだ、と誰かが話しているのを耳にした。履《は》き物《もの》は下駄《げた》ではなく、足《た》袋《び》のようなもので足全体を包み込んでいた。

配下の者たちが色鮮やかな飾《かざ》り凧《だこ》や提灯《ちょうちん》、大番傘《おおばんがさ》を高く掲《かか》げ、何やら声を上げる。大名行列のように『下にい、下にい』と言っているのかもしれないが、言葉が分からないため誰一人として土下座する見物人はいない。

オランダ人たちの身長は、見物人たちより頭一つ、いや二つは抜きん出ている。髪の毛は赤毛というより金色で、顔は赤みを帯びた白。鼻は高く、鼻梁《びりょう》が長い。

まるで天狗《てんぐ》だ、と孝助は驚き、目を瞠《みは》ったものだ。

カピタンたちは通常、陰暦《いんれき》三月初旬に将軍に拝謁し、長崎に帰るのは陰暦五月、六月頃となる。全行程で約九十日の旅である。

「しかし今年はなかなか上様とのお目見えが叶わなかった。そのため江戸を発《た》ったのが四月中頃になった。ついこの間のことなのだが、その一行の中に咳き込んでいた者がいたようなのだ……」

徳庵はいよいよ深刻な顔になった。

「咳き込んでいた……」

「そうじゃ。その者は上様の謁見の場には参列しなかったのだが、江戸の街を歩き回っていたらしい。その後に咳き込む者が増えてきたため、南蛮人が流行らせた風邪だという噂が広まったと思われる。南蛮人ではなく、実際は紅毛人だがね」

孝助は言葉を失うほど驚いた。

「風邪は寒くなってから流行るものですが、これから暑くなるという季節に……」

「その通りだが、新しい風邪かもしれん。暑さ寒さに関係なく流行る、たちの悪いものかもしれん」

「カピタンたちが通った街道筋でも、風邪は流行っているのでしょうか」

「はっきりしたことはわからんが、もし噂通りカピタンたちに原因があるなら、既に長崎、大坂、京都などで流行っているかもしれん。昔から風邪は、西に起こりて東に至るというからな」

江戸は、たびたび悪性の風邪に襲われてきた。

人々は対処する術《すべ》もなく斃《たお》れていった。

無敵を誇った相撲《すもう》取りの名前をつけて「谷風《たにかぜ》」と呼んだり、失恋の悲しみから火事を起こした八百屋《やおや》お七《しち》にちなんで「お七風」と呼んだりして恐れたのである。

「こたびの南蛮風邪も酷《ひど》い事態にならねばよろしいですが……」

孝助の表情は曇った。

「そう願いたいが……いずれにせよ養生屋の役目は重大であるぞ。心しておくことだ」

徳庵が断言した。

「承知いたしました。取り急ぎ店に帰りまして、主人五兵衛に薬の害について報告いたします」

孝助は深々と頭を下げた。

2

養生屋の店先が客で混み始めた。客たちは丁稚を呼び止め、薬を求めている。

「風邪を引いたみたいだ。熱がある。頭が痛い」

老人客が苦しそうな表情で訴える。

「桂枝加葛根湯《けいしかかっこんとう》がいいでしょう。葛根が熱を取ってくれます。桂枝も体の気を整えてくれますよ」

葛根とは葛《くず》の根であり、解熱効果がある。桂枝はクスノキ科のケイの若枝。カツラ科のカツラとは違う。香りがよく香辛料としても使われる。

「効くのかねぇ」

老人は空咳《からぜき》をした。

「大丈夫です。養生屋が請《う》け合《あ》いますから」

丁稚が明るく言った。

コン、コン、コンと咳をする商家の内儀は眉間《みけん》に皺を寄せ、苦しそうだ。

「咳が止まらないの」

「では桂枝加厚朴杏仁湯《けいしかこうぼくきょうにんとう》がいいでしょう。杏仁が咳を収めてくれますよ」

別の丁稚が答える。

杏仁は杏《あんず》の種の中身であり、咳止め効果がある。

厚朴は、モクレン科の朴《ほお》の樹皮を乾燥させたもの。朴には抗菌作用があり、咳を鎮める効果がある。

内儀は、苦しそうに胸を押さえながら薬を買った。

「喉が痛い。痰が出て困るんだ。手っ取り早くすっきりする薬をくれ」

着流しの袖から入れ墨を覗かせた職人が、丁稚を呼び止めている。時折、激しく咳き込んで、体を捩《よじ》っている。

「麦門冬湯《ばくもんどうとう》がよろしいのではないでしょうか」

麦門冬とは、ユリ科の蛇《じゃ》の髭《ひげ》の塊状《かいじょう》に膨らんだ根である。鎮咳《ちんがい》、去痰《きょたん》に効果がある。

「効くんだな。もし効かなければこれだぞ」

職人は拳を振り上げた。

「効きますから、物騒なことはおっしゃらないでくださいませ」

丁稚は頭を両手で押さえた。

咳や喉の痛み、発熱ばかりではない。筋肉痛や関節痛を訴える客もいる。そのような客には薏苡仁湯《よくいにんとう》を薦めた。薏苡仁とはハト麦の種子を乾燥させたもので、痛みを軽減する効果がある。

客はひっきりなしに来店し、薬を求めていく。どの顔も、安堵より苦しみに歪んでいた。

「孝助、これはいったいどうしたのだ」

関木通の害について薬種問屋組合での話し合いから戻ってきた五兵衛が、驚きの声を上げた。

客の相手を終えた孝助は、五兵衛にさっと近づいた。

「南蛮風邪の噂をお聞きになりましたか」

「怪しい風邪が流行っているらしいということだな」

「はい。その南蛮風邪が流行り出したものと思われます」

孝助の話に、五兵衛の顔が強張《こわば》った。

「大変なことだ。他の薬種商はどうなのだ」

「どちらのお店も私どもと同じような状況です」

「うーん」

あまりの事態に、五兵衛が言葉に詰まった。

「具合の悪くない人も、いざという時に備えて薬を求めているようです」

孝助は眉を顰《ひそ》めた。

「薬はあるのか」

「今のところは十分にございますが、お一人で幾つもお買いになるのはお断りしております」

「それがよい。幸い、関木通については奉行所から厳しいお沙汰はなく、薬種問屋で協力して解決に努めることと相《あい》なった。南蛮風邪についても、他の薬種商と話し合うことにしよう。大変なことになりそうだからな」

「よろしくお願いします」

孝助が頭を下げた時「番頭さん」と背後から呼ばれた。振り向くと、丁稚の末吉がいた。

「どうしましたか、末吉」

「こんなものを辻売りが配っておりました」

末吉が一枚の刷り物を差し出した。俗に瓦版《かわらばん》と呼ばれるものである。

「どれどれ、お見せなさい」

五兵衛が手を出した。そして目を通すや否《いな》や「おお、これは大変だ」と、腰が抜けたようによろめいた。

「旦那様、大丈夫でございますか」

孝助は慌てて五兵衛の体を支えた。

「これを読んでみなさい」

五兵衛が瓦版を孝助に手渡した。

「おお、これは……」

孝助も驚きに言葉を失った。
瓦版には、中村座《なかむらざ》で芝居を観ていた客が発熱と激しい咳によって命を落とした
と書かれていた。
店先が急に騒がしくなった。客で混み合っているだけではない。
刷り物を売る辻売りが鳴り物を鳴らしてやってきたのだ。
一人は、キン、コン、キン、コンと鐘を鳴らし、もう一人はドンドコドン、ド
ンドコドンと小太鼓を叩く。
吉原被《よしわらかぶ》りで頭を隠し、格子柄《こうしがら》の着物に股引という姿で売り口上を捲《まく》し立てる。
「さぁさ、さぁさ、皆さまよくお聞きください。昨夜の中村座の出し物は『菅原《すがわら》
伝授手習鑑《でんじゅてならいかがみ》』の四段目、愛《いと》しき我が子の首を菅秀才《かんしゅうさい》の身代わりに差しだした
松王丸《まつおうまる》が嘆《なげ》きをこらえて『梅は飛び桜はかるる世の中になにとて松のつれなかる
らん』と歌ったまさにその時、大きく激しく喉を破らんばかりに咳き込んだ男一
人。皆は驚き、あまりの悲しみに胸が破れたのかと思いきや、そうではない。男
は顔を真っ赤に染め、胸をかきむしり、地獄を見たかのような恐ろしげな顔とな
り、血反吐《ちへど》を吐き、その場にもんどりうって倒れ込んだ」
キン、コン、ドンドコドン。

「慌てた周りの客が、おいおいどうしたと抱き起こした時には、男はすでにこと切れ、白目が天井を睨んでいたという。さてことは是《これ》だけでおさまらず。同じく中村座で芝居を観ていた者が屋敷で、煮売り屋で、激しい咳とともに血を吐き、倒れ、次々と命を失っているのであります。さあ、お立ち会い」

キン、コン、ドンドコドン。

「さぁさ、皆の衆、なぜに血反吐を吐き、命を落としたか。彼らが座った中村座の桟敷《さじき》には少し前まで南蛮人がいたという。赤ら顔、鼻は天狗のように長く突き出て、その口から吐き出される息はまるで黒い毒。南蛮人に呪われ命を失ったのか。さぁ、もっと知りたければ、この『読売《よみうり》』を読んでくれ。一枚、四文だ。さぁ、読んでくれ」

辻売りは、刷り物の束を高く掲げた。

養生屋の客や通りにいた人々が殺到した。

「おい、四文だ。買うぞ」

「俺も買うぞ」

人々は辻売りの刷り物に手を伸ばした。あっという間に刷り物はなくなってしまった。

「さぁさ、南蛮人の呪いで死にたくなければ、なにはともあれ薬を買って、備えておくことだ。咳止め、熱冷まし、腹下し、なんだって構やしねぇ。薬だ、薬。おいらは、薬屋の回し者ではないが、とにかく薬だ」

辻売りは養生屋の方に顔を向けた。孝助と目が合った。

その瞬間、辻売りの周りにいた人たちがどっと店に押しかけてきた。

「薬をくれ！」

人々は血相を変えて店内へと入ってくる。

「わぁ！」

末吉が叫んだ。人々に押し倒され、土間でしたたかに尻を打ったのだ。

「皆さん、落ち着いてください。慌てないでください。薬は十分にありますから」

孝助は押しかける人々の前に立ち、両手を広げた。

3

「大変でしたね」

おみつは、孝助の肘《ひじ》や膝に傷薬を摺り込んだ。

金創膏《きんそうこう》である。昔から刀傷などの治療に使われてきた傷薬で、殺菌力の強い大黄《だいおう》というタデ科の一種が配合されており、傷の治りが早い。

「驚きました。お客様がものすごい勢いで押しかけてきたものですから」

刷り物の辻売りに煽《あお》られた人々が薬を求めて大挙して入店してきた。彼らをなだめようと、孝助は両手を広げて立ちふさがったのだが、押し倒され、肘や膝に擦り傷を負ってしまったのだ。

店じまいした後、おみつに傷の手当てをしてもらっているというわけである。

「手代の弥三郎さんや丁稚の末吉さんたちが手際よくお客様を捌《さば》いてくださったので、思った以上に大きな混乱はなくてよかったですわ」

「私はあまり役に立たなかったようです」

孝助は苦笑した。

「刷り物に書いてあったことは本当でしょうか」

「刷り物は、大袈裟《おおげさ》なことが多いですから」

瓦版屋の刷り物は、七割方が嘘《うそ》か、事実を大袈裟に書いていると言われる。しかし、それでも人々は刷り物に殺到し、その中に話題を探したのである。

「そうであればいいのですが……」

「心配ですか」

おみつは、こくりと頷いた。

「養生屋は薬屋ですから、病気の人が大勢やってきます。もし刷り物に書かれていることが本当なら、孝助さんも南蛮風邪に罹《かか》っておしまいになられるかも……」

「私は大丈夫ですよ。いたって丈夫ですから」

孝助は拳で胸を叩き、健康であることを強調した。

「でも、お気をつけてくださいね」

「わかりました」孝助は言い、立ち上がった。「それでは、私は徳庵先生のところに参ります」

おみつの表情に不安の影が差した。

「もう、外は暗いです。明日になさったらいかがですか」

すでに暮れ六つを過ぎている。

「末吉と一緒に参ります。安心してください。木戸が閉まる頃には帰ってまいります」

木戸が閉まるのは暮れ四つである。

孝助は、心配顔のおみつを残して、店の玄関に向かった。

丁稚の末吉が既に提灯を持って待っていた。

「末吉さん、お休みしなくてはいけない時間なのにすみません。同行してください」

「わかりました」

末吉は緊張していた。孝助の身近に仕える末吉には、孝助が何かに深く思い悩んでいることがわかっているからだ。それは南蛮風邪のことに違いない。あれだけの客が、とにかく薬を、と殺到するのは初めてのことだ。瓦版屋の刷り物に煽られたのは事実だが、多くの人が、言い知れぬ不安に駆られているのだ。

歩き始めてしばらくすると、通りが暗くなってきた。人通りはほとんどない。

誰もが家路《いえじ》につき、ひっそりと家の中に籠《こ》もっている。

「そろそろ灯りをつけましょうか」

末吉が訊いた。

「まだ、いいでしょう。木戸を越えてからにしましょう」

孝助が言った。

「承知しました」

末吉は提灯をしまった。

木戸では、木戸番が箒《ほうき》で掃除をしていた。早めだが、そろそろ仕舞《しま》い支度《じたく》にとりかかり始めているのだろう。

「お疲れ様」

孝助が木戸番に挨拶をした。

「おや、これは養生屋の番頭さんじゃありませんか。こんな時間にどちらへ」

「はい、相生町の徳庵先生のところまで参ります」

「そうですか。お気をつけください。近頃、以前より物騒になっておりますので」

木戸番が顔を曇らせた。

「何か問題でも起きているのですか」

「妙な風邪が流行っておりますでしょう。病人が増えているんですよ。それで興奮したんでしょうか、夜道で人を襲う者がいましてね」

「そうですか。気をつけることにいたします」

孝助は頭を下げた。

「お早いお帰りを。少し遅くまでお開けしておきますのでね」

木戸番が言った。

「ありがとうございます」

孝助は頭を下げ、木戸を通り抜けた。

「物騒になっているんですね」

末吉が言った。

「病というのは、人の心を乱すのでしょうね。なんとかしなくてはいけません」

孝助は足を速めた。

いよいよ辺りが暗くなってきた。足元がはっきりしなくなったところで、末吉が提灯に火を入れた。

一ツ目之橋に差しかかる。徳庵の家はもうすぐそこだ。

孝助にとって、母お栄との思い出の橋である。

お栄は、ほんのささやかな気の迷いに心が揺らぎ、道を違《たが》えてしまった。それからの人生は後悔と苦難の連続であった。

最期は幸せだっただろうか、と孝助は思った。幸せだと思っていて欲しい。

「番頭さん、あそこに」

末吉が提灯を前方に差し向けた。

橋の真ん中あたりで、なにやら人が蠢《うごめ》いている。そして……、「この野郎」「お前らがうろつくからだ」と罵声《ばせい》が聞こえる。誰かが橋の上に倒れ込み、二つの影に足蹴《あしげ》にされている様子だった。

孝助の体が震えた。

曲独楽師の藤沢親方のところから逃げ出した時、彼の仲間たちに、この一ツ目之橋の上で手酷く足蹴にされた。その痛みの記憶が蘇《よみがえ》ってきたのである。

「行くぞ、末吉！」

孝助は矢も楯《たて》もたまらず駆けだした。

「は、はい」

末吉は提灯を高く掲げて孝助の前を走る。

「何をやっているんだ！　乱暴はよせ！」

孝助はあらん限りの声で叫んだ。

「わぉー、わぉー！」

末吉は提灯を振りまわし、大声を張り上げた。

二つの影が振り返った。

「邪魔が入った。逃げろ！」

影の一人が言った。

二つの影は橋から急いで逃げ出した。

人が倒れている。孝助は近づき「大丈夫ですか」と声をかけた。

末吉が提灯をかざした。

顔を上げた。

「あっ」

孝助は驚きの声を上げた。

倒れていたのは、若い紅毛人だったのである。

第四話　ヤン・オールト

今、東京は言うに及ばず、大阪、京都、そして多くの観光地には、日本人よりも外国の方のほうが多うございます。

政府のインバウンド政策と円安で、訪日外国人が圧倒的に増えたのです。英語の話せない私などは、肩身の狭い思いをして街を歩いている始末でありますが、これも景気が良くなるためなら仕方がございません。

さて江戸時代はご存じのように鎖国状態でございましたので、外国人が江戸市中を勝手にうろつくなんてことはございませんでした。

江戸参府に参りましたオランダ人たちも定宿の長崎屋から勝手に出ることなど不可能でありました。

トロイの遺跡を発見したシュリーマンは幕末の江戸に参りましたが、日々、監視がついていたために窮屈《きゅうくつ》な思いをしたようでございます。

このように幕府は、外国人と日本人との接触を厳しく制限していたのでございます。

ところが孝助の目の前に、紅毛人、オランダ人が突然現われたのでございます。勝手に彷徨《ほうこう》できないはずのオランダ人がこんなところにいるはずがない。

さて、そのオランダ人は孝助に幸運を招くのでしょうか。それとも不幸を招くのでしょうか。

1

紅毛人は、頭から血を流していた。幸い、意識はしっかりしていた。末吉が掲げる提灯の灯りに浮かぶ顔は若いが、立派な口髭《くちひげ》と顎鬚《あごひげ》を蓄えている。

「大丈夫ですか」

自分たちの言葉が通じるとは思わなかったが、孝助は試しに訊いてみた。

すると紅毛人は意外にも「ダイジョウブ、デス」と答えた。

「番頭さん、通じますよ」

末吉が驚いた。

「ああ、そのようですね」孝助も驚いた。「傷のお手当てをいたしましょう。近くに知り合いの医者がいます。そちらまでお連れします」

「トクアンサマ、デスカ？」

彼が言い、微笑した。

「徳庵先生をご存じなのですか」

孝助は耳を疑った。彼が徳庵を知っているとは……。

「ハイ、ソコヘイクトチュウ」

「それはようございました。ではご一緒に参りましょう」孝助は彼の体を抱えるようにして抱き起こした。彼は「アリガトウゴザイマス」と礼を言い、孝助に体を預けた。

「末吉さん、急ぎましょう」

「はい」

末吉は、提灯を掲げて先を進んでいく。

「もうすぐですからね」

孝助は彼の体を支えながら励ました。

「コレクライノキズ、ダイジョウブデス」

彼は、はっきりとした口調で言った。

紅毛人が夜道を歩くことは許されていないはずだ。しかも徳庵のところに行く途中だという。果たして彼は何者で、徳庵とどんな関係なのだろうか。

「着きましたよ」

相生町一丁目の裏店にある徳庵の住まいから、薄ぼんやりとした灯りが漏《も》れている。徳庵は在宅しているようだ。孝助は安堵した。

「先生、徳庵先生。孝助が参りました」

孝助が戸を叩くと、徳庵が中から声を上げた。

「孝助か。今すぐ、戸を開ける」

閂が外されたのだろう、カランと音が聞こえる。戸が開いた。

「トクアンサマ」

孝助の肩を借りている紅毛人がすぐに声を発した。

「どうされましたか、ヤンさん」

徳庵は彼の名前を呼んだ。ヤンというらしい。やはり徳庵とは顔見知りのようだ。

「一ツ目之橋で暴漢に襲われておられたところをお助けしたのです」孝助が代わりに答えた。「傷を負っておられますので、お手当てをお願いします」

「それは大変だ。すぐに上がってください」

「末吉さん、一緒にこのお方《かた》の体を支えてください」

「はい」

孝助と末吉の二人でヤンの体を支え、座敷に上げた。ここまでなんとか歩いてきたものの、足を痛めているヤンは立っていられず、座敷に横たわった。

徳庵は慣れた手つきで治療を施した。

「これで大丈夫でしょう。打ち身はあるが、傷は深くない」

「アリガトウゴザイマシタ」

彼が礼を言った。

治療が終わると、徳庵と孝助、末吉、そしてヤンが車座になって座った。

「まさか、徳庵先生とお知り合いだとは思いもよりませんでした」

孝助が言うと、徳庵が口を開いた。

「彼はヤン・オールトというんだ」

2

オランダのアムステルダムに生まれたヤン・オールトは二十三歳で、医術を志《こころざ》している。語学堪能で、長崎の出島で日本の言葉を習い、今では話すことは勿論、読み書きも十分にこなす。

ヤンは、数か月前に江戸を去ったカピタン一行の一員として江戸にやってきた。

ヤンの他にも、一行の中には医学者たちが何人もいた。江戸の蘭学者たちは最先端の西洋医術を学ぶべく、公儀の許可を得た上でこぞって長崎屋を訪れ、彼らと親しく交流したのだった。

徳庵は蘭学者ではなく、中国伝来の中医学を駆使する医者である。が、独自の治療法を加えることで和漢を折衷《せっちゅう》させた漢方医として名高い。そこでオランダの医者たちが徳庵を紹介して欲しいと、たっての願い出をした。

西洋人に教えを乞《こ》う蘭学者は多いが、徳庵はその逆に、教えを乞われたわけである。

徳庵が招かれた長崎屋の奥座敷にいたのがヤン・オールトであった。

アムステルダムの大学で医学を学んでいたヤンは、早くから漢方など東洋医学に興味を持ち、長崎にやってきた。そしてカピタンに同行して江戸に上ってきたのである。

カピタンたちは江戸参府が終われば長崎に帰還せねばならないが、ヤンは徳庵を通じて漢方医学を学びたいと公儀に願い出て、しばらくの間、江戸滞在を許されていた。

西洋医学は、病気の原因をとことん追究して、それを攻撃する手段を講じる。一方、漢方医学は、病気の人そのものを根本から治療しようとする。体を宇宙や自然と一体のものとして捉《とら》え、その「気《き》、血《けつ》、水《すい》」の流れを整えることで人の持つ自然治癒《ちゆ》力を高め、体調を整えるのが特徴である。

ヤンは、西洋医学ではなかなか治療の難しい原因不明のイライラ、疲れやすさなどを漢方で治療できるのではないかと考えていた。

「ヨロシクオネガイシマス」

ヤンは、孝助と末吉に丁寧に頭を下げた。

「ヤンさんは、なぜこんな遅くに出歩いていたのですか」

末吉が尋ねるとヤンは苦笑して、右手で頭を触った。

「コンナ、デスカラ」背が高いことを強調した。「メダツトイケナイ。ヒルマ、アルクコト、ユルサレテイナイノデス」

確かにヤンの身長は、孝助と比べると頭二つは高い。おまけにたっぷりと蓄えられた髭を見ると、道行く人々の興味を引いてしまうだろう。

公儀は、カピタンたち外国人が自由に江戸市中並びに国内を出歩くことを禁止している。どうしても外出せざるを得ない時でも厳重な監視をつけるのが通例だ。とにかく国内で日本人と接触させたくないのである。日本人との接触は、キリシタン禁止令に背く行為であるからだ。

「確かに目立ちますよね」

末吉が笑顔になり、表情を緩《ゆる》めた。ヤンもどこか情けないような表情で苦笑した。

「襲われた理由は分かりますか」

孝助の問いに、ヤンは表情を曇らせて小さく頷いた。

「カゼ、デス」

「南蛮風邪ですな」

徳庵が言った。

「ハイ。カゼガ、ハヤッテイル、ゲンイン、ワタシタチト、オモッテイル」

確かに暴漢たちは「お前たちがうろつくからだ」と叫んでいた。

「今、南蛮風邪と呼ばれる風邪が流行りつつあります。私は薬種商の番頭でございますが、薬を求めて店に客が殺到しているのです。南蛮風邪は、あなた方に原因があるのですか」

「ワカリマセン」

ヤンは首を横に振った。

「同行されたヤンさんのお仲間に、体調を悪くされたお方がいたとの噂を耳にしましたが……」

徳庵が慎重な言い回しで訊いた。するとヤンは哀しげな目つきで徳庵を見つめた。

「イッショニキタカレモ、イシャデス。セキ、ヒドイ。ネツ、デマシタ。ソレデ、ショウグンサマニ、アワズニ、カエリマシタ」

「その方はどうなったのですか。病気は快復されたのですか」

「ザンネンデス。ナガサキヘカエルトチュウデ、ナクナリマシタ……」ヤンは肩を落とした。「レンラク、アリマシタ。ソレヲ、トクアンサマニ、オツタエシナクテハトオモッテ、キマシタ」

「亡くなった……」

孝助は事態の深刻さに思いを馳せて、思わず身震いした。徳庵はと見ると、カッと目を見開き、瞬《まばた》き一つしていない。

「ヤンさんの懸念《けねん》を私から説明しよう」徳庵が真剣な表情になった。「今、江戸で謎《なぞ》の風邪が流行り始めている。人々はそれを南蛮風邪と称しておる。かなりの勢いであり、人々の不安が増している。以前、孝助にも話したように、それはカピタンたちが流行らせたという噂が流れている。それで暴漢がヤンさんを襲ったのだろうと思われる」

「カピタン様ご一行が流行らせたというのは本当でしょうか」

孝助が口を挟んだ。

「それは分からん。しかし今、ヤンさんの話を聞き、驚愕《きょうがく》している次第である。ご一行の一人がお亡くなりになったということは、噂が事実であったと考えるのが妥当だ」

徳庵は、同意を求めるかのようにヤンに視線を向けた。ヤンがそれに応えて小さく頷いた。

「四海に囲まれた日の本では、古来より幾度も疫病が流行った。それらは海を越えて入ってくると考えられていた。おそらくそれは事実だろう。今回の南蛮風邪がどれほどの害を我が国に及ぼすかは、まだ分からん。しかし容易《ようい》ならざる事態になるかもしれないと、ヤンさんは懸念されておるのだ。そうですな、ヤンさん」

「ハイ。ソノトオリ、デス」ヤンは憂鬱《ゆううつ》な顔で頷いた。「ヨーロッパデハ、ナンゼンマンニンモ、ナクナッタコトガアリマス」

「えっ、何千万人もですか」

末吉が訊き返した。

「ヤンさんがおっしゃっていることは事実だ。私は文献で知ったのだが、ヤンさんが住むヨーロッパという大陸でかつて疫病が流行った。それは猖獗《しょうけつ》を極め、人々は血を吐き、苦しみ抜いて亡くなった。街に亡骸《なきがら》が溢《あふ》れ、片付ける人もいない。ヤンさんは何千万人が亡くなったと言ったが、実際はどれくらいなのか今もって不明である。我が日の本もそんな事態に陥《おちい》るやもしれん」

もとより深い徳庵の眉間の皺が、いっそう深くなった。

「その疫病の原因は突き止められたのでしょうか。そして治療できたのでしょうか」

孝助は身を乗り出さんばかりに問うたが、ヤンは首を振り、悲しげに孝助を見つめるだけだった。

「原因も分からず、治療法もない……のですか」

孝助はがっくりと項垂《うなだ》れた。

「自然に疫病が収まるのを待つしかなかったのだ。そうですな、ヤンさん」

「ソノトオリデス。ソレデワタシハ、ヒノモトニ、ノコリマシタ」

「ヤンさんはな」徳庵が話を引き継いだ。「日の本の薬種に疫病を克服する特効薬がないか知りたいと、私にお尋ねになっておるのじゃ。だが、まだ特効薬は見つかっておらぬ。まったく夜道を灯りなく歩くような気分なのだ」

「今日、私が徳庵先生をお訪ねしましたのも、南蛮風邪の件でご相談したかったからなのです」孝助は力を込めて言った。「南蛮風邪の流行を煽る刷り物が撒《ま》かれ、人々は不安になり、私どもに薬を求めて押しかけております。どのように対処したらいいものか。今、ヤンさんのお話を伺い、心を強くいたしました」

「ほう、心を強くしたのか」

徳庵が不思議そうに首を傾げた。ヤンも興味深げな表情だ。

「はい」孝助は言った。「ヤンさんの西洋の知見と私どもの知見を合わせ、協力すれば、もし非常の事態になったとしても何か対処法が見つかるのではないかと考えた次第でございます」

　徳庵はヤンと見つめ合った。そして二人は孝助に振り向き、力強く頷いた。

「孝助、よく言った。その通りである。いたずらに悲観的になっていても始まらん。どのような事態になるかは不明だが、我らが力を合わせて江戸を救おうではないか」

　徳庵が微笑んだ。

「ヤリマショウ。キット、ウマクイキマス」

　ヤンがにこやかな笑みを浮かべ、孝助に手を差しだした。

「握手というのだ。オランダではお互いの手を握るのが親愛、友情の証である」

　徳庵は孝助の手を取り、ヤンの手に重ねた。

「末吉さん、あなたも」

　孝助が末吉に手を重ねるよう促《うなが》した。

「はい」

　末吉は小さく返事をすると、おずおずと手を伸ばし、孝助の手に重ねた。

　最後に徳庵が手を重ねた。

「大日如来《だいにちにょらい》、薬師如来《やくしにょらい》、観世音菩薩《かんぜおんぼさつ》、文殊菩薩《もんじゅぼさつ》、普賢菩薩《ふげんぼさつ》、不動明王《ふどうみょうおう》、この世を司《つかさど》る全ての神仏に申し上げます。我らは協力して、南蛮風邪から江戸を救わんと願う。なにとぞお力をお与えください」

　徳庵が言った。

「アーメン」

　ヤンが小声で呟いた。

　日本では禁じられている西洋の神を称える言葉である。しかし、咎《とが》める者は誰もいない。

「力を合わせるのだ」

　徳庵が強い口調で言った。

「はい！」

　全員がそれに応え、大きく頷いた。

3

　孝助と末吉は、徳庵の住まいを辞して、外に出た。

「ヤンさんと知り合えたのは良かったですね」

　提灯を掲げた末吉が言った。

木戸が閉じられるにはまだ時間があるが、夜道は物騒である。急いで養生屋まで帰らねばならない。

「……末吉さん、ちょっと立ち寄ってもいいですか」

「よろしいですが、どちらへ」

「この近くに、母が存命中にお世話になった方がいます。ご挨拶しておきたいのです」

「そうでございましたね。番頭さんのお母様は、こちらの裏店で最期を迎えられたのでしたね」

「その通りです。その際とても親切にしていただいたのが、大工の留吉《とめきち》さんご一家なのです。すぐ近くですから、さほど時間は取らせません。こちらです」

孝助は、帰り道とは反対方向に歩き出した。

「承知しました」

末吉は、慌てて孝助の足元を照らした。

「こちらです」

大工の留吉の家は、徳庵の家から十数軒離れたところだった。表札に「大工留」とある。

孝助は「留吉さん、孝助です」と声をかけ、入り口の戸に手をかけた。

孝助が開けようとする前に戸ががらりと開いた。

「おう、孝助さん、お久しぶりです。こんな時間になにかご用事ですか」

留吉は、肌襦袢《はだじゆばん》に股引を穿いている。まだ寝間着に着替えていないのを見ると、帰宅してから間もないのかもしれない。

ただ、その表情はどこか暗かった。無精髭《ぶしようひげ》が伸び、頬もこけてやつれた顔だった。

留吉は腕のいい大工である。親方ではないが若い大工を指導する立場にあり、給金もいいはずである。一般的な庶民《しよみん》の収入が一日三〇〇文とすると、大工は五四〇文ほどである。火事の多い江戸では大工の需要《じゆよう》増加で、給金が高騰《こうとう》している。

留吉は、妻のおいね、七歳になる娘のおきよと三人暮らしだ。おいねは明るく、かつ働き者で、孝助の母お栄の世話を進んでやってくれた。おきよも愛らしい娘で、お栄の元に足しげく通い、笑いを届けてくれたのである。

孝助は、留吉一家に足を向けて寝られないほどの感謝を抱《いだ》いていた。

それが、なぜこれほどまでに暗いのか。

「留吉さん、どうかされましたか。なんだか具合が悪そうに見えますが」

孝助は留吉の家に上がった。広くはない。玄関土間の横に竈《かまど》や水甕《みずがめ》があり、四畳半の部屋である。

「ごほっ、ごほっ」

見ると部屋の中央に布団が敷かれ、誰かが咳き込んでいた。

寝込んでいるのは、留吉の妻おいねだった。

「あの通りでさ」留吉は寂しそうに口元を歪め、布団の方に視線を移した。

「風邪ですか」

孝助は南蛮風邪を思い浮かべた。

「ああ、たちの悪い風邪をもらっちまってさ。あの通りだ。咳が止まらず、喉が痛くて水もなかなか喉を通らねぇんだ」

「それは大変でございます。徳庵先生に診てもらいなさいましたか」

「診てもらったが、体を休めて寝ているしかないそうだ」

「そうですか……」

「おきよさんは？」

孝助は部屋を見渡した。いつも笑いを絶やさない娘のおきよが見えない。

「おきよは、俺の郷里の上州沼田《じょうしゅうぬまた》の親戚の家に預けている。徳庵先生が、うつるといけねぇからって言ってくださってさ」

「そうでしたか」

おきよの笑い声が聞こえないため、余計に寂しげなのだ。

「お前さん、誰か来なすったのかい」

布団の中からおいねの声がする。息も絶え絶えで掠《かす》れた声だった。

「孝助さんだよ」

留吉が言った。

「あら、孝助さんかい。お茶でも出さないと……」

おいねが体を起こそうとして、咳き込んだ。

「無理するんじゃねえ」

留吉が叱った。

「おいねさん、おかまいなく」孝助は言った。「なにかお困りのことはありませんか」

行燈の薄ぼんやりとした灯りに照らされたおいねの姿は、まるで幽鬼のようだ。髪はほつれて乱れ、眼窩《がんか》と頬は窪《くぼ》み、顎が鋭く尖っている。かつての明るく笑顔を絶やさなかった面影《おもかげ》は微塵《みじん》もない。

留吉がやつれているのは、おいねを看病しているからだろう。

「孝助さん、無理言ってすまねぇが、薬を分けてくれねえか」留吉は束の間《つかま》考えていたが、意を決して切り出した。「薬ならいつも徳庵先生がくださるんだが、いつも頼ってばかりなのも心苦しいんだ。実は、こいつの看病で仕事に出られねえ。貯《たくわ》えも寂しくなっちまってさ。それに、薬代《やくだい》がどんどん高くなっている」

「わかりました。すぐに咳止めと熱冷ましの薬をお持ちいたします」

再び「ごほっ、ごほっ」とおいねの苦しそうな咳が聞こえる。

「風邪が流行っておりまして、確かに薬代が高くなっておりますね……」

「養生屋さんは、いつも通りだろうがね。他の薬屋はどんどん値を上げ始めているんだ。南蛮風邪っていう妙なものが流行っているだろう。それに便乗しているって話だ。どいつもこいつも弱い者を叩いて金儲けをしやがる」

留吉は口元を歪めた。

もし留吉の言う通り南蛮風邪に便乗して薬の値上げを行っている店があれば、それは商人として許せない行為である。

留吉のような庶民が薬を買えない状態を作ってはならない。店に帰ったら早《さっ》速《そく》、主人の五兵衛と相談しなければならないと孝助は考えた。五兵衛なら、他の薬種商に影響力を持っている。便乗値上げをやらないように説得してもらわねばならない。

「それじゃあ私は帰りますが、薬は明朝すぐにお届けいたします。おいねさんは絶対に良くなられますから。留吉さんもお気をつけください」

「ありがてぇ」

留吉は両手を合わせて、頭を下げた。

「末吉さん、帰りますよ」

「はい」

末吉が戸を開ける。孝助はもう一度、おいねの寝ている座敷を振り返った。咳をするたびに布団が上下に揺れている。孝助は耳を塞ぎたくなった。咳の音が、裏店中から聞こえてくるような気がしたからだ。

「なんとかしなくてはなりません。いえ、絶対になんとかします」

孝助は自らに言い聞かせた。

ヤンの懸念が現実になりつつあるような不吉さに慄《おのの》きを覚えたが、自らの弱さを払拭《ふっしょく》せねばならないと強く誓ったのである。

第五話　大流行

皆さまは、町奉行というのをご存じでございましょうか。落語に「大岡裁《おおおかさば》き」など町奉行物がございますが、有名どころでは大岡越前《えちぜん》、遠山《とおやま》の金《きん》さん（金四《きんし》郎《ろう》）がおられます。

江戸幕府は将軍を筆頭に老中が置かれ、その配下に多くの奉行が配置されておりました。その中でも町奉行は、家格ではなく実力のある者が登用されねば務まらない、重要な役目でございました。

以前は三か所だったようでございますが、北町奉行所と南町奉行所の二か所になりました。北町奉行所は今の呉服橋《ごふくばし》辺り、南町奉行所は今の数寄屋橋《すきやばし》辺りにあったようでございます。

管轄《かんかつ》が分かれていたわけではなく、非常な激務のため、月番制で江戸の行政全般を担っておったようでございます。

「大岡裁き」に見られますような訴訟のみを扱っているのではありません。今で言えば都知事、警視総監、消防総監、地方裁判所所長、それに加えて幕閣の一員として国政の一翼を担《にな》う国務大臣でもありました。余りの激務に在職中にお亡くなりになる方も多かったようでございます。いわゆる過労死でございますね。町奉行の下には、与力《よりき》、同心という行政実務を担う部下が配置されておりました。必殺仕置き人で有名な中村主水《なかむらもんど》は同心でございましたね。関木通を配合した薬の害では、養生屋をはじめ薬種問屋組合に対し、協力して解決に取り組むよう沙汰を下したのも町奉行でございました。さて、南蛮風邪に対しては、町奉行はいかなる働きをするのでありましょうか。

1

「おいね……！」

裏店中に、留吉の悲鳴が轟《とどろ》き渡った。

留吉は、やつれて見る影もないおいねを抱き上げると、再び「おいね！」と叫んだ。

留吉の家の前には、裏店の人たちが集まっていた。

留吉の嘆き声に耳を塞ぐことなく涙を流していた。

「これで五人目だよ。この裏店で亡くなったのは……」

「佐吉《さきち》さんのところのお峰《みね》さんももう駄目らしい。佐吉さん自身も調子が悪いってさ」

そこで左官の安蔵《やすぞう》が「ごほっ、ごほっ」と咳き込んだ。

「おい、あっちに行っとくれ」

昔、女郎をしていたというお菊《きく》が、安蔵を両手で突いた。

安蔵がよろめくが、誰もその体を支えようとしないどころか、さっと避けて離れた。青ざめた顔の安蔵が、その場に崩れるように倒れる。そのうち血を吐くのではないかと思われるほど、激しい咳が止まらない。

それでも誰も助け起こそうとしなかった。遠巻きに見ているだけだ。

見かねた鋳掛屋《いかけや》の銀次《ぎんじ》が、安蔵に駆け寄って抱き上げた。

「悪いねぇ」

安蔵が弱々しくこぼした。

「大丈夫か」

「大丈夫じゃねぇ」安蔵は薄く笑った。「銀次、立たせちゃくれねぇか」

「おい、みんな、安蔵を抱えるんだ」銀次が、怒気を孕《はら》んで遠巻きに見守る群衆に声をかけた。「同じ裏店に住んでいるんだ。助け合わないでどうするんだ！」

「押し倒したりして悪かったよ」

お菊がバツの悪そうな顔で、安蔵に手を差し出した。

「いいんだよ、お菊さん。咳き込んだ俺が悪いんだ」

安蔵は銀次とお菊に支えられ、ようやく立ち上がった。

遠巻きに見ていた人たちもようやく安蔵に手を差し出そうとした。

「ありがてぇが、風邪がうつるといけねぇ。みんな俺から離れてくれ。一人で家に帰るから」

安蔵は銀次とお菊を手で払って遠ざけると、ふらふらと自分の家へと歩き出した。その後ろ姿には力がなく、今にも倒れそうだった。咳をするたびに肩が上下する。

「皆さん、おいねはやっと楽になりました」

涙で眼を赤く染めた留吉が、家から出てきた。

「いい人だったのにね」

お菊が着物の袖で涙を拭《ぬぐ》った。

「留吉さん！」孝助が息を切らせて駆けつけてきた。「おいねさんは！」

「おお、孝助さん。今、息を引き取った。ようやく咳が収まったよ」

留吉が悲しそうに言った。

「そうですか……」

孝助は肩を落とした。その手には、桂枝加厚朴杏仁湯が握られていた。桂枝や厚朴を調合した咳止めの薬である。

この薬を何度か留吉の家に届けたのだが、効果はなかったようだ。

「申し訳ございませんでした。薬が役に立たなくて……」

孝助は頭を下げた。

「孝助さん、頭を上げてくだせぇ。あんたには本当にお世話になった。高価な薬を只《ただ》で届けて下さったんだから。お蔭でおいねは安らかに眠るようにあっちの世界に行くことができました」

留吉は、溢れる涙を拭おうともしない。

「留さん、おいねさんは残念だったね」

大家の鉄五郎《てつごろう》も駆けつけた。

大家は、地主に頼まれてこの裏店を管理している立場である。鉄五郎は仏と呼ばれるほどの人情家で、仕事にあぶれて店賃《たなちん》が払えない店子《たなこ》には仕事を紹介したり、子供には文字や算盤《そろばん》を教えたりして、裏店の住人たちから慕《した》われていた。

「大家さん、ありがとうございます。おいねはやっと苦しみから逃れることができやした」

「そう考えるしかないな」鉄五郎は思案げな顔になった。「ところで、葬式のことなんだがね。この裏店でも連日、仏さんばかりでね。費用が集められないいんだ」

「わかりやした。皆さんにはご迷惑をおかけしたくありません。内々で済ませます」

「そうしてくれるとありがたいんだ。申し訳ない。棺桶は用意させてもらうから」

「ありがとうございます。それで回向院《えこういん》に埋葬《まいそう》お願いできるでしょうか」

回向院は裏店のすぐ近くにある。浄土宗《じょうどしゅう》の寺だが、明暦の大火で犠牲《ぎせい》になった多くの人たちを埋葬するために将軍家綱《いえつな》によって墳墓や御堂が建てられたことから、宗派を問わなくなった。

「それがなぁ」

鉄五郎の表情が曇った。

「何か面倒なことでもあるんですか」

留吉が訊いた。

「回向院がいっぱいなんだ。もう埋葬できないってな。それで特別に両国橋の下に火家《かや》が作られている。そこで焼いてもらえねぇかな。その後、骨だけなら回向院で面倒をみるということだ」

「わかりやした。まだ近くで焼いてもらえるだけ、おいねは幸せ者ですよ。落合《おちあい》や桐ケ谷《きりがや》に運ぶとなりゃ、遠くになりますから、皆さんのお手を煩《わずら》わせることになりやす」

「そういうことだ。すまないな」

「大家さんが謝ることじゃねぇっすよ。この風邪が悪いんだから。それじゃあ、あっしはおいねに化粧を施してやります」

留吉は鉄五郎に頭を下げると、家に戻ろうとした。

「留吉さん、お手伝いします」

孝助が申し出ると、留吉は涙をこらえて首を振った。

「ありがてぇが、あんたに風邪がうつるといけねぇ。この場はお引き取りくださ い。あんたは、なんとか風邪の奴を封じ込める薬を作ってください。おいねのためにも……」

「分かりました。申し訳ございません」

孝助は持参した薬を抱きかかえ、深く頭を下げた。悔しくてたまらない。この薬が役に立たなかったからだ――孝助は、奥歯を強く嚙みしめた。

2

両国橋にさしかかると、孝助は歩みを止めて、欄干に体を預けた。

今回ほど、自分の無力さを情けなく思ったことはない。おいねにはどれだけ世話になったことか。母お栄が晩年を穏やかに暮らすことができたのは、おいねの優しさに負うところが大きい。体調の悪かったお栄を気遣い、食事や洗濯などを手伝ってくれた。なによりもおいねの笑顔、笑い声が、お栄の気持ちを明るくしてくれた。

そんなおいねを助けることができなかった。

孝助の目からは涙が溢れて、止めることができなかった。

泣き腫らした顔で養生屋に帰るわけにもいかない。

孝助の前後から、ガラガラと荷車の音が近づいてきた。本所方面、そして日本橋方面からも、何台もの荷車が両国橋を渡ってくる。荷台には大きな樽《たる》が載せられていた。棺桶に違いない。

両国橋の下の広い砂洲《さす》に、臨時の火家が設けられていた。そこで遺体を火葬に付すために荷車で運んでいるのだ。

橋の両側には番所が設けられており、橋を往来する人を監視している。それがまるで三途《さんず》の川の奪衣婆《だつえば》のいる場所のように見えた。

荷車は次々とやってくる。

臨時の火家はここだけでは足らないため、荒川《あらかわ》近くの新田《しんでん》にも設けられる予定だという。

いったいどうなってしまうのだろう……。

孝助は、殺到する荷車の多さに恐怖すら抱いた。荷車を引いているのは、亡くなった人の親族だろう。泣きながら荷車の後ろを押す人もいる。

孝助は火家を眺めた。周囲から見えないように、薄い土塀に囲まれている。屋根は板張りで、煙が抜けやすいように太めの煙突が立っている。あの中で薪《まき》が組まれ、遺体を置き、下から火を点けるのだ。

そのうち火家でも間に合わなくなり、砂洲に薪を組んで、そのまま遺体が焼かれるようになるかもしれない。江戸中のあちこちから、遺体を焼く煙が立ち上ることになる……。

孝助は顔を引《ひ》き攣《つ》らせた。これは他人事《ひとごと》ではない。孝助が大切に思うおみつもいつ南蛮風邪に罹患《りかん》するかもしれないのだ。

孝助自身も同じだ。いったいなにが病の原因なのか、罹らないためにはなにが必要なのか、治療する薬はあるのか。解決すべき課題は山とある。

おいねの死を悲しんでばかりではいられない。孝助は涙を拭って歩き始めた。その傍を荷車が通過していく。荷車を引く人、押す人、だれもが悲しみに打ち沈んでいる。おいおいと泣き叫び、故人の名前を呼び続けている。中には幼い子の手を引いた老婆もいる。きっと母親が亡くなったのだろう。どうして年老いた自分ではなく若い母親が亡くなったのかと心の中で悔やみながら、荷車の後を追って歩いているに違いない。

なんとかしなくてはならない。養生屋に戻って、南蛮風邪に効く薬を調合するのだ。孝助は焦《あせ》る気持ちを抑えながら、帰りを急いだ。

すれ違う人の多くが咳き込んでいる。苦しそうに胸を押さえ、顔を歪めていとせ。彼らの咳が孝助の耳に届く。彼らも、このまま咳が止まらなければ、命を落としてしまうかもしれない。そう思うと暗澹《あんたん》とした思いに囚われる。

通旅籠町《とおりはたごちょう》を経て、大傳馬町《おおでんまちょう》に差し掛かった。

この辺りには木綿《もめん》商が多い。しかし南蛮風邪のせいで人が寄りつかず、商いはさっぱりだという。通り沿いの幾つかの店は堅く戸が閉ざされたままだ。

通りの一角に人だかりができていた。寂しいばかりの通りでは珍しい。誰かを取り囲んでいるようだ。

孝助は興味をそそられて人だかりに近づいた。背後から覗き込むと、三人の山伏《やまぶし》がいた。その内の一人が錫杖《しゃくじょう》を高く掲げて、人々に語りかけている。もう一人は、ほら貝をプォオオ、プォオオと吹き鳴らし、もう一人は、竹冠の謎めいた文字の幟《のぼり》を立てている。

「この世は終わりじゃ。おそろしき死の艨艟《もうどう》、軍勢が血戦に臨《のぞ》まんと、地に降り立たんとする。お前たちは先祖の因果《いんが》の報いで血反吐を吐き、苦しみ、地をのたうち回り、死に至るのだ。後に残るは虚《むな》しき雲霧《うんむ》のみ、風に吹かれて跡形もない……」

山伏は険しい表情で朗々と人々に語りかける。人々は山伏の語りに不安げな視線を向けている。

「なにやら霊験《れいげん》あらたかな薬を売ってくれるらしいよ」

「南蛮風邪から守ってくれるらしい」

山伏を取り囲む人々のひそひそ声が聞こえてくる。

「薬？」

孝助はいよいよ興味をそそられた。

プォオオ、プォオオ。ほら貝がひときわ高く鳴り響く。

「さて、この文字を読める者はいるか」山伏は、幟を指さした。

「なんて書いてあるんだ」

観衆の男が訊いた。

「鬼《き》簏《し》乙《おつ》だ。この文字は、我らが修行中に天から降ってきたものである。この文字の由来を調べると、公方《くぼう》様も夢に見られ、かの唐国《からくに》の皇帝も夢に見られ、疫病から身を守る有難い三文字であるとのお告げを受けられたのであるぞ。天は、我にもこの三文字で人々を救えと申されたのである。そして取りいだしたるこの薬は」山伏は懐《ふところ》から小さな包みを取り出し、高く掲げた。「我らが師、役行者《えんのぎょうじゃ》が修行中、一度も病に罹らなかったというありがたい薬である。この薬を服用し、この三文字を家に貼っておけば、南蛮風邪に罹ることはない。合わせて三十文である。皆、こぞって買うがよい」

「さあ、買うがよい。プォオオ、プォオオ。幟が風にはためく。

善《よ》き人も悪しき人も、同じく死に瀕《ひん》しているぞ」山伏の声が叫びに変わった。プォオオ、プォオオ……。「愛する夫は、妻は死に、母も父も死んだ。子供の息も絶えなんとしている。右隣にも左隣にも、忌中《きちゅう》の札が風に揺れている。せめて己《おのれ》だけでも生きたいと思うのが人の性《さが》じゃ。死にたくない者は、さあ、買うがよい。さあ！」

「私にも頂戴《ちょうだい》！」「俺にもくれ！」

人々は血相を変えて銭を握りしめ、山伏に迫った。

「慌てるでない。いくらでもある」

三人の山伏は、それぞれが背負っていた箱笈《はこおい》を地に下ろした。そこから薬と三文字の札を取り出し、銭と交換に次々と人々に手渡していく。

「大変なことになった。あんなもので南蛮風邪が治るはずがない」

孝助は、山伏たちに疑いの目を向けた。おいねを助けられなかった悔しさが一層募ってくる。

「孝助さんじゃありませんか」

背後から声を掛けられて孝助が振り向くと、九平治が立っていた。

「あっ、九平治さん」

「孝助さんも山伏の薬をお買い求めになるのですか」

九平治は、その手に三文字札と薬の包みを持っていた。

「いえ、なにかと思って見物していただけです。九平治さんは？」

「店に病が入り込まないように、このおまじないの『饑饚乙《きしおつ》』を貼ろうと思いましてね」

九平治が札を見せた。

「その薬を見せてくれませんか」

「ようございますよ。どうぞ」

孝助は包みを受け取りながら、山伏たちを見た。すでに群衆はいなくなっていた。多くの人が札と薬を買い求めたのだろう。山伏たちは銭を箱笈に詰め込み、なにやらにやけた顔で、嬉しげに言葉を交わしている。

箱笈は本来、仏典や仏具を入れておくものだが、それを銭箱にしているところを見ると、彼らは本物の山伏ではないに違いない。

孝助が包みを開けると、赤い粉が入っていた。これが役行者の薬なのか。

「少し舐《な》めてもいいですか」

孝助は九平治に訊いた。

「ええ、どうぞ。あっしはお札があればいいですから。どの家も店も、このお札を貼っているんですよ。うちの店も貼らないとね、客が安心してくれない」

九平治は三文字の札を見せ、苦笑した。

確かに周辺を眺めると、多くの家の戸に「鏇簛乙《きしおつ》」の札が貼ってある。

孝助は小指の先を舐め、赤い粉を少しつけると、口に運んだ。たちまち眉根を寄せた。土の味がしたからだ。もしこれが薬なら、植物ではなく石だろう。「赤石脂《しやくせきし》」など石の薬もあるにはあるが、それは止血剤であり、味が違う。それには酸味や渋みがある。しかしこの赤い粉は、無味である。もしかしたら赤土を乾燥させ、砕いたのかもしれない。

「どうですかね。効き目はありそうですか」

九平治が疑り深い顔つきで訊いた。

「わかりません」

孝助は首を傾げた。

「孝助さんにわからないようじゃ、まがい物だな」九平治は笑った。しかしすぐに真面目な顔になる。「それにしても酷いことになってきましたよ。私の店の辺りでも寝込む人が増えています。忌中の貼り紙も増え続けています」

「なんとかしなくてはいけませんね」

「お願いしますよ。よく効く薬を安く売ってくださいな。ではあっしは店へ帰ります。もしなにかお役に立てることがありましたら、いつでも呼び出してください」

九平治は軽く腰を曲げると、両国の方へ歩き始めた。

孝助は九平治の背中に頭を下げると、反対方向に急いだ。

道中、歩けなくなったのだろうか、家の軒先に体を預けて苦しそうに顔を歪めている人がいた。家々には「籤箭乙《きしおっ》」のお札……。

本石町十軒店の「時の鐘」が見えてきた。もうすぐ暮れ六つの鐘が鳴る。急がねばならない。

主人の五兵衛は尊敬すべき人物だ。孝助の建言を受けた五兵衛は、同業者に対し、薬を売り惜しみしたり高値で売ったりしないように申し合わせを行った。その効果は徐々に表れてきている。これだけ苦しむ人が多いのならば、いっそのこと薬を無償で配布してもいいかもしれない。貧しい人が三十文も出してあんな怪しげなお札と薬を買い求めているのは尋常《じんじょう》ではない。

養生屋の前にも人だかりができていた。十数人もいるだろうか。死に装束《しょうぞく》のような白い着物を着た人たちが、店の入り口を塞ぐように集まり、激しく鈴《りん》や太鼓を打ち鳴らし、なにやら呪文のような言葉を唱えている。

「番頭さん！」

孝助を見つけた末吉が駆け寄ってきた。

「何事ですか、これは」

「天啓教《てんけいきょう》というらしいのですが、旦那様に会いたいと言い出しまして。旦那様が会わないと申されますと、あの始末で……同業の薬屋にも押しかけておるようです」

末吉が弱った顔で言った。

「わかりました。すぐになんとかしましょう」

孝助は白装束の人だかりをかき分け、彼らの前に立った。鈴や太鼓の音が耳に痛いほどに迫ってくる。

彼らは「南無蘇民将来之子孫也、南無蘇民将来……」と唱えていた。「蘇民将来」も疫病退散の護符である。

孝助の目の前に、首謀者と思《おぼ》しき大男が進み出た。険しい顔で孝助を睨んでいる。孝助は男の肩ほどまでしか背丈がないため、見上げざるを得ない。

男は白装束に、青、赤、白、黒、黄の五色の玉を無数にぶら下げた帯を締めている。灰色の髪を乱し、髭を伸ばし、金色の鉢巻きには「蘇民将来之子孫也」と書かれてあった。

その右手には、気味の悪い杖があった。握りの部分に牛頭《ごず》の彫り物を施し、柄の部分にも二匹の蛇の彫り物がまとわりついている。

左手は、白くて大きな包みを摑《つか》んでいる。

「お帰りください。お客様が迷惑されております」

孝助は男を睨んだ。

「お前が店主か」

男の声は低く太く、地の底から聞こえてくるようだった。真っ赤な舌が、男の杖の彫り物の蛇のように蠢いている。

「番頭でございます」

「店主を出せ」

「店主は不在でございます」

孝助の返事に、男の眼がぎらっと光った。

「我ら天啓教は、この世のありとあらゆる病を統《す》べ賜《たも》う牛頭天王様より啓示を受け、疫病退散のために戦う者なり。この店で商う薬は、決して人々を救うことにならず。青き炎は肝《きも》、赤き炎は心《しん》、白き炎は肺《ふくふくし》、黒き炎は腎《むらと》、黄なる炎は脾《よこし》、これらの炎が渦《うず》となり己が体を焼き尽くし、人々はのた打ち回ることにならん。我らが牛頭天王様より授かったこの薬を人々に広めよ。もしそれを為《な》さねば貴様らは地獄に落ちるぞ」

男は、左手に握った袋を孝助に差しだした。

「お帰りください」

孝助は胸を反らして、言い切った。

「なにを！」

男が険しい顔で孝助を睨んだ。

男の背後では白装束の人たちが鈴や太鼓を打ち鳴らし、まるで憑《つ》かれたように「南無蘇民将来之子孫也……」と唱えている。

「白檀屋《びやくだんや》も雀香屋《じやつこうや》も金を払ったようでございます」

手代の弥三郎が孝助に耳打ちをした。二軒とも名高い薬種商である。孝助は硬い顔で頷いた。

「あくまで我ら天啓教に従わぬならば養生屋が潰れてもいいのか。これから毎朝、毎夜、この場に立ち寄り、牛頭天王様のご指示に従って呪い続けるが、よいか」

「よろしゅうございます。ご勝手になさいませ。我ら薬種商こそ、蘇民将来の子孫であります。よき薬を通じて人様の病を癒す、貴《たつと》き使命を天より承っております。あなた方が店を占拠されるなら、お奉行様に訴えます」

「うぉほほほ！」男は大口を開け、大笑いした。「なんとなんと、貴様らが蘇民将来の子孫とな。笑止千万《しようしせんばん》。それに奉行などなんの恐れることはない。奴らとて我らが牛頭天王の炎に焼かれて、のた打ち回るだけよ。養生屋の孝助、貴様の名はしかと覚えたぞ。貴様が我ら天啓教の炎に焼かれるのは近い、近いぞ！　うほほほほ！」

男が杖を地面にドンと突き刺した。

「行くぞ！」と声を張り上げると、白装束の人たちが歩き始めた。

「燃える、燃える、養生屋が燃えるぞ。南無蘇民将来之子孫也、南無蘇民将来

「……」

男は大声で触れ回りながら去っていった。

孝助は安堵する一方で、情けない思いに捉われた。病に苦しむ人々を更に苦しめる悪党どもが巷《ちまた》に溢れている。人間とは、かくも浅ましいものなのか。

「孝助、よくぞ言った」

背後からの声に振り向くと、五兵衛が立っていた。

「旦那様、勝手なことを申し上げ、申し訳ございませんでした。あのように人々を誑《たぶら》かす者が巷に溢れております。先ほども……」

憤慨した孝助は「鱚鰭乙《きしおつ》」の札と怪しげな薬を売る山伏たちの話をした。

「本当に嘆かわしいことだ。本来ならば儂が表に出なくてはならなかったのだが、あいにく、岩瀬《いわせ》様のご使者と会っておってな」

岩瀬とは南町奉行の岩瀬加賀守氏紀《かがのかみうじのり》のことである。

「岩瀬様のご使者と、ですか」

「そうじゃ。岩瀬様もこの南蛮風邪の広がりを非常に懸念しておられる。もしも将軍様が罹患されると、大変なことになるからのぉ」

「それで、岩瀬様はなんと」

「この南蛮風邪をなんとかせよとのことだ」

「なんとかせよと申されましても……」

「大変なことであるのは承知だ。しかし、このままでは江戸が亡《ほろ》びる。江戸が亡びれば、この国も亡びる。なんとかせねばならん。孝助の言う通り、我ら薬屋の出番である。そこでじゃ、孝助をご公儀で召し抱えたいとご所望じゃ。おみつの事件や、関木通の薬害に対する孝助の迅速《じんそく》な対応を、岩瀬様は高く買っておられるのだ」

五兵衛は嬉しそうに孝助を見つめた。

奉行所が関木通の件で養生屋に厳重な沙汰を下さなかったのは、南蛮風邪に対応させるためだったのだろう、と孝助は思った。

「私を、ご公儀に、ですか」

「そうじゃ。南蛮風邪を退散させる役目を果たしてもらいたいと言われておる。ついては徳庵様も同じ役目を担われることになっておる。やってくれるな」

「店は、どうなるのでございますか」

「儂がおる」

五兵衛が胸を叩いたが、孝助は店から離れることに不安を覚えた。先ほどの天啓教なる集団が何をするかわからないからだ。

「ご公儀の役目を果たすことはやぶさかではございませんが、先ほどの者たちが旦那様や店の者に危害を加えないか、心配でございます」

「うーむ……」

「ご公儀の役目も果たしつつ、養生屋もお守りします」

「できるのか」

「やれます。私は薬屋が天職でございます」

「苦労をかけるが……」

五兵衛は孝助の手を取り、強く握りしめた。

「つきましては、旦那様と奥様、それにおみつ様には、江戸を離れていただきたいと思います」

「なに、儂らに江戸を離れよとな」

五兵衛は奇異そうな顔をした。

「江戸は、南蛮風邪が広がり、人心も乱れております。上州には伊香保《いかほ》という名湯がございます。その地で、南蛮風邪が鎮まるまでご静養くださいませ。伊香保は、母のお栄が生前、上州に住まっておりました時に行ったことがあるようで、素晴らしいところだとよく申しておりました。私は残念ながら母を連れていくことはできませんでした。そこでぜひとも旦那様ご家族には、伊香保でご静養いただきたいのです。南蛮風邪も、さすがに伊香保までは及ばないでございましょうから」

「わかった。おさちに話してみよう」

五兵衛は頷いた。

「私は、ここに残ります」店の奥から、決意に満ちた表情のおみつが現れた。

「私は、孝助さんとここに残ります」

「おみつ様……」

孝助は呟き、おみつの決意に応えるかのように深く頷いた。

第六話　南町奉行

「これにて一件落着!」とは、舞台などで町奉行がお裁きを決する場合の名セリフであります。町奉行は江戸のありとあらゆる秩序を守るために強大な権限を有しておりました。

町奉行が江戸庶民に決めごとを伝えるには「町ぶれ」と申しまして、まず町年寄三家に伝えられ、彼らから町名主二十三組、そして家守——いわゆる大家さんですが、彼らが管理を請け負っている千七百ほどの長屋に住む住人に伝えられるのです。

一見、悠長に見えますが、銀行員のお方にお聞きしますと、この仕組みは現在も生きているようでございます。

かつての大蔵省、今は金融庁と申す役所は恐いところで、決めごとがありますと、幾つかの大きな銀行の集まりにまず伝えます。すると瞬時に全国の銀行に決めごとが徹底する仕組みになっているようでございます。

ですから町奉行の決めごとも江戸市中に徹底されるのに、さほど時間は要しなかったと思われます。そんな恐いほどの力を持った町奉行所に召し抱えられるようになった孝助は、いかなる活躍を見せるのでございましょうか。

1

「お迎えがきました！」

丁稚の末吉が叫んだ。

「おお、来られたか、来られたか」

店主の五兵衛が奥から現れた。

五兵衛の後ろには緊張した面持《おもも》ちの孝助が続いていた。この日のために急いであつらえた黒の羽織袴《はおりはかま》の正装である。袖には、養生屋の紋、違い鷹《たか》の羽が白く染め抜かれている。

「ご立派でございます。しっかりお勤めくださいませ」

わずかに涙ぐむ様子で、おみつが頭を下げた。おみつの肩に母親のおさちがそっと手をかけ、支えていた。

養生屋の入り口には、丁稚や手代の弥三郎がずらりと並んで頭を下げていた。

「皆さん、行ったきりになるわけではありませんから。またすぐに店に戻ってきますから。それまで絶対に病気にならないようにお願いします」

孝助は照れた様子で、顔を赤らめて言った。

「わかっておるが、お奉行様に特別に召し抱えられるなどということは、養生屋の末代までの名誉だからのぉ」

五兵衛が誇らしげに言った。

孝助が乗る駕籠は、奉行所が特別に認めた御免駕籠である。

四方と屋根には、黒漆塗りの板が金色の鋲《びょう》で留められていた。いかにも権威があるという雰囲気を醸《かも》し出している。

二人の担ぎ手は、養生屋の店名を染め抜いた腹掛けに、黒の法被《はっぴ》姿だ。

「こんな立派な駕籠を……」

孝助が気後《きおく》れして五兵衛を振り返った。

「何を言うか。奉行所に行くのに町駕籠というわけにはいくまい」

五兵衛は「さぁさ、乗りなさい」と孝助を促した。

「では行ってまいります」

孝助が駕籠に乗り込むと、御簾《みす》が下ろされた。

「へい、さぁ」

担ぎ手が声を合わせ、駕籠が浮いた。

孝助は御簾を少し引き上げ、おみつの顔を覗き見て頷いた。

おみつも頷きを返し、目もとを着物の袖で拭った。

永《なが》の別れになるわけではないが、奉行所の御用ともなれば、なにか失敗をすれば命取りとなりかねない。名誉だと喜んでばかりはいられないとわかっているのだろう。

孝助を乗せた駕籠は日本橋本町を南に下り、一石橋《いちこくばし》を渡り、呉服橋御門に至る。ここからは武家の住まいである。孝助たち町人は滅多《めった》なことでは足を踏み入れることができない。

御免駕籠であるため、特に咎めもなく御門を通り抜けた。

孝助は駕籠の中で緊張して、息が詰まる思いがした。外の様子を見たいと思ったが、もし万が一、問題が起きてはまずいと思い、ひたすら駕籠の中で小さくなっていた。

こんなことならお奉行様の依頼など引き受けるのではなかったと、後悔の念が起きる。

駕籠は大名小路を走っているのだろう。通りの両側には松平《まつだいら》様や本多《ほんだ》様など、名だたる大名の屋敷が並んでいるはずだ。

駕籠の中からでも、町筋のように人の気配を感じられないのが分かった。大名屋敷が並ぶ通りなので当然ではあるが、やはり南蛮風邪のせいだろうか。

それにしても、奉行は何を期待しているのだろうか。南蛮風邪を防ぐ方策を具体化し、薬を作れと言われても、そんなことが自分に出来るだろうか。

奉行所が近づくにつれ、逃げ出したくなるほどの不安が募ってきた。

養生屋は大丈夫だろうか。自分がいないとうまく行かないと思うのは傲慢《ごうまん》だが、心配は心配である。

「着きやした」

このまま引き返そうか、と孝助が思った時、駕籠屋が足を止めた。

「はい、ありがとうございます」

孝助は覚悟を決めた。どんな役目を承《うけたまわ》ろうが、養生屋の恥にならぬよう、一生懸命務めるだけだ。

御簾を上げて外に出た。

見上げるほど大きな冠木門《かぶきもん》が目に入った。門を守る用人が孝助を睨んでいる。

奉行所にはまったく縁がない孝助の体は強張った。

えいっ、と自らに掛け声をかけて門に向かう。

その時、孝助の背後から、駕籠屋の掛け声が近づいてきた。

孝助が振り向くと駕籠の御簾が上がり、出てきたのは徳庵だった。

「先生！」

思わず笑みがこぼれた。

「おお、孝助、来ていたか。さあ、参ろうか」

よほど慣れているのか、徳庵は早足で門に向かった。

「あっ、はい」

孝助は慌てて徳庵の後ろについていく。

用人は徳庵を認めた途端、門を開けた。

「お勤め、ご苦労様」

徳庵が用人に声をかける。

門を抜けると、石畳が続いていた。左手に白洲が見える。ここに罪人や訴人が座らされるのだ。

表玄関のところに、袴《はかま》に紋のある羽織姿の背の高い武士が立っていた。

「徳庵先生、奉行がお待ちです」

「お待たせしましたかな」徳庵は武士に、親しげに手を挙げた。「孝助、こちらは筆頭与力の橘《たちばな》右近《うこん》様じゃ」

筆頭与力が出迎えとは、奉行はよほど徳庵の到着を心待ちにしていたのだろう。

孝助が右近に深く頭を下げると、右近は小さく頷いた。

玄関を上がり、右近の案内で廊下を小走りに抜けていく。

「今日は岩瀬様のお住まいに案内してくれるようだな」

奉行所には執務部屋ばかりではなく奉行の居宅もあるが、通常は、外部の人間をそこに招くことはない。

「先生、お住まいに呼ばれるのは、滅多にないことなのですね」

孝助が訊いた。

「ああ、滅多にない。儂も案内されたことはない」

「どうぞ、こちらです」

右近が廊下に跪《ひざまず》き、襖戸を開けた。徳庵も孝助も廊下に正座し、低頭した。

顔を上げていいものか迷っていると、「トクアンセンセイ、コウスケサン、マッテマシタ」と中から奇妙な声が聞こえてきた。孝助が、そっと顔を上げた。

「ヤンさん!」

孝助は声を上げた。

2

暮れ六つの鐘の音が遠くから聞こえてきた。

いったい何時までここにいることになるのだろうか。孝助に不安が過《よぎ》った。

「まずは寛《くつろ》いでください」

南町奉行の岩瀬加賀守氏紀は居宅であるからなのか、寛いだ様子だ。浅葱《あさぎ》色の生地《きじ》に紺の縞柄《しまがら》の上品な着流しに、海老《えび》色の角帯《かくおび》という姿だ。

着物の外からもがっちりとした体軀《たいく》がうかがえる。目鼻立ちのくっきりした顔立ちに、意志の強そうな角ばった顎が特徴的である。

居間の中心には天鵞絨《びろうど》の絨毯《じゆうたん》の上にテイブルという足高の机が置かれ、それを椅子《いす》が囲んでいた。孝助は言われるままに椅子に座った。隣には、徳庵、そしてヤン。向かいには、岩瀬と右近。

ヤン・オールトは椅子に座って、びいどろに満たされた赤い飲み物を呑《の》んでいた。

「コレ、ワイン、デス」

「ワイン？」

「ハイ。オサケ。コウスケサン、ノミマスカ」

「いいえ、結構です」

孝助は手を左右に振った。

「この西洋の酒は、なかなか美味いぞ」

徳庵は目を細めてワインを飲んだ。

「私は、お茶で」

孝助は茶を口に運んだ。

「さて、今日お集まりいただいたのは、江戸市中を恐怖に陥《おとしい》れている南蛮風邪についてであります。難しい話になり申すので、我が住まいで寛ぎ、忌憚《きたん》なくご意見を頂戴いたしたい」

岩瀬はびいどろを持ち上げると、ワインを飲み干した。

岩瀬は自由に意見を出させるため、わざわざ珍しい西洋の酒を用意したのだろう。

「では、私から」徳庵はびいどろを机に置いた。「数は分からぬが、多くの人が、喉が破れ、血を吐くほどの激しい咳に襲われ、高熱によって体を焼かれ、亡くなっている。体力のある者の中には助かる者もいるが、数は少ない。病の源は不明だが、一家全員が罹患し、亡くなってしまう場合もあることから鑑《かんが》みれば、咳によって瘴気《しょうき》が人から人へと広がっていると思われる」

「ショウキ？」

ヤンが首を傾げた。

「悪い気のことである。病や禍をもたらすものだよ」

徳庵が説明した。

「ショウキ、ワカリマス。ワタシ、スム、ヨーロッパ、ヒドイショウキニ、ミチテ、一オクニンイジョウ、カゾエキレナイヒト、シンダ。五百ネンマエ。ソレカラ、ナンドモ、ショウキ、ハッセイ。オオクノヒト、シンダ」

ヤンが深刻な顔をした。

「なんと、一億人とな！」

岩瀬が驚き、びいどろを落としそうになった。

「カゾエキレナイ、シタイガ、マチニアフレ、ソレガサラニ、ショウキヲハッセイサセタ」

「ヤンさん、瘴気の元は分からなかったのですか」

孝助は訊いた。

「ワカリマセン。オオクノヒト、ナクナッテ、キエルマデマッ」

ヤンは眉根を寄せた。

「我が日の本でもなんどか疫病が発生したが、打つ手なく、それが収まるまで祈るしかなかったのだ。大仏建立《こんりゅう》などをしたのも疫病退散を願ってのことだよ」

徳庵も渋い顔をした。

「孝助、薬種商として何か良き知恵はないか」

岩瀬が訊いた。

孝助は「はっ」と緊張の声を発したものの、次の言葉が出てこない。

留吉の妻おいねを助けることができなかった。処方した薬は全く役に立たなかったのだ。そのことが悔やまれて、言葉が出ない。

「孝助、なにか言いなさい」

徳庵が促した。

「はぁ……」孝助は情けないほど弱々しい顔で話した。「私が調合した薬は効果がありませんでした。大切な人が亡くなりました」

「うーむ」

岩瀬が顔をしかめた。

「病には何事も源があると徳庵先生に教えていただきました。南蛮風邪にも源があるのでしょう。この源を見つけねばなりません」

孝助は付け足した。

「確かに……。源を見つけない限り、防ぎようがない」

徳庵も顔を俯《うつむ》けるが、具体的な対策案は出てこない。時間ばかりが経過していく。町木戸が閉まる暮れ四つ、亥《い》の刻くらいになっただろうか。障子戸の外には夜の闇が広がっている。

「早くなんとかしなくては、巷では特効薬だの妙薬だのと、いかがわしい連中が金を騙《だま》し取っている」岩瀬が厳格に言った。「それぱかりではない。そやつらは、病人の家に上がり込み、金の在《あ》り処《か》の見当をつけ、夜に押し込み強盗と化すのだ。これらもなんとかせねばならぬ」

街には山伏や天啓教など人々を誑かす者たちが跋扈《ばっこ》している。夜盗を働いている者までいると聞き、孝助は驚いた。

しかし、薬に効果がなく、手をこまねいているしかないのなら、たとえいかがわしくとも頼りたくなるのが人情だ。怪しげな者たちを家に上げ、祈禱《きとう》を頼んでしまうのも仕方がない。

孝助は発言を控え、じっと黙っていた。しかし頭の中では必死で考えていた。

源がわからなくとも、何かできることがあるはずだ。

南蛮風邪を広げるのが瘴気ならば、その瘴気が人に及ぶのを防げばいいのではないか……。

「あのぅ、よろしいでしょうか」

孝助はおもむろに手を挙げた。

「おお、孝助、なにか意見があるかな。遠慮なく申すがよい」

沈黙に耐えがたくなっていたのか、岩瀬がほっとした表情を孝助に向けた。

「考えますれば、南蛮風邪が瘴気によるものであれば、瘴気から人を遠ざけることが肝要かと存じます」

「具体的にはどうするのだ」

岩瀬が訊いた。

「例えば小石川《こいしかわ》養生所のような施設を各地に造り、南蛮風邪に罹患した者を隔離するのです。南蛮風邪は、看病する者にも容赦なく襲いかかります。この感染を防ぐためでございます。さらには、人が多く集まる芝居、遊興施設、遊郭《ゆうかく》、酒楼《しゆろう》などは当面の間、すべて閉鎖といたします」

孝助の話に、ヤンが盛んに頷いている。何かいい考えが浮かんだのかもしれない。

「うーむ」岩瀬が腕を組んだ。「養生所を拡充するのはいいが、場所があるかのお。皆、己の近くにそのような建物ができるとなれば、反対するであろう。また、あらゆる遊興施設などを閉鎖するとなれば、仕事を失い、食が満たされず、飢え死にする者が出ないとも限らん」

岩瀬が乗り気でないことに、孝助は肩を落とした。源を断つことができない以上は、人々を南蛮風邪から遠ざけるしかないではないか。

「本所回向院近くの大徳院《だいとくいん》はいかがでしょうか。私もよく知っておる寺でございます。境内《けいだい》が広く、養生所を作るに十分であると思いますが……」

孝助が提案した。本所大徳院は、孝助が育った本所相生町一丁目の裏店に近い。それにも増して、大工の留吉の女房おいねを薬が効かず死なせてしまったことを悔やんでいたからである。

「ヨロシイデショウカ」

ヤンが発言を求めた。

「ヤン殿、どうぞご遠慮なく」

「ワタシノクニデモ、エキビョウ、フセグタメ、キビシイシュダン、コウジマシタ」

ヤンは、実際にオランダで取られた非常に厳しい政策を引き合いに出した。

街を細かく分割して監視人を置く。病人が発生した場合、監視人は状況を上役に逐一《ちくいち》報告し、病人のみならず一家全員をその家に閉じ込める。かつ、誰も病人を見舞いにこないように監視もする。

病人が使用していた家具、家財は、すべて焼却する。

食事などは外から運びこむ。医者の手配もする。もし病人一家全員が亡くなった場合は、周囲の人々を別の場所に移動させ、家屋ごと遺体を焼く。

街の人に命じ、街路、塵芥《じんかい》、排泄物《はいせつぶつ》などの処理を徹底し、街を清潔に保たせる。

乞食《こじき》、浮浪者を隔離し、芝居や遊興施設、酒楼は閉鎖させる……。

「なんとも厳しい措置であるな」

岩瀬が腕を組んだまま言った。

「オオクノヒト、セイフ、ヒハン、シマシタ」苦しさを訴える悲痛な声が街中に響き、誰もが耳を塞いだという。「ソレデモ、エキビョウ、フセゲナイ。キエルマデマツシカナイ」

ヤンが目を伏せた。

「岩瀬様、私も孝助やヤン殿の案に賛成であります」徳庵が進言した。「南蛮風邪の勢いが衰《おとろ》えるまで、少なくとも病人の隔離、そして芝居の禁止や遊郭などの閉鎖は必要でありましょう。大勢の人が集まるのを止めさせねばなりませぬ。放置しておけば、江戸中が死屍累々《しるいるい》となりましょう。挙句《あげく》の果てに、上様を南蛮風邪が襲うということになれば大変でございます。我らは恐れず、やるべきことはやらねばなりませぬ」

「上様」という言葉を出されて岩瀬は目を瞠《みは》り、唇を噛んだ。もし将軍が罹患して死亡するような事態となれば、岩瀬は責任の重大さから切腹しかねない。

「うーむ」

岩瀬が唸った。

「もう一つ、私が申し上げたいのは」孝助が申し出た。「覆面《ふくめん》の着用を勧めることであります」

「覆面とは、これか」

岩瀬は両手で口を覆《おお》った。

「はい、そうであります。鉱山では『気絶《けだえ》』という病で死ぬ者が多いと聞きます。鉱毒を含んだ塵埃《じんあい》を吸い込むからであります。そこで、鉱山で覆面をして作業するようになったところ『気絶』が大幅に減ったという話があります」

「それはいいことだ。詳しく話せ」

「針金の枠に絹《きぬ》の布を縫いつけ、外側には、古来より瘴気を防ぐといわれている柿渋《かきしぶ》を塗ります。内側には、やはり柿渋と同様の効能が期待される梅肉を塗る。そして両端に紐をつけて耳に掛け、鼻と口を覆うのであります。顔を覆う『覆面』ではなく、病気を防ぐことから幸福の『福面』と称すところもあるやに聞いております」

「ソレハ、トテモイイデス。ワタシノクニデモ、エキビョウノトキ、ヌノデハナ、クチ、カクシマス。マスカー、ト、イイマス」

ヤンが初めて笑みを浮かべた。

「マスカーか。福面も聞こえがいいですな」

岩瀬は初めて柔和《にゅうわ》な笑みを浮かべた。

「幕府で福面を大量に作り、市中の人々に配布してはいかがですかな」

徳庵が言った。

「良き策であるかもしれぬのぉ。作り方を触書や瓦版で教えれば、器用な人は自分で作るであろう。愚妻にも端切《はぎ》れで作らせよう。自作する者には、奉行所から柿渋、梅干しを手配することにする。福面のない者は市中を歩くことを禁止いたそう」

岩瀬が策をまとめた。

「人と話す際は、極力、離れるようにとのお触れも出していただきたい」徳庵は念を押した。「それと、ご苦労ではありますが、先ほど孝助がご提案いたしました通り、病人を隔離する場所の拡充もご検討くだされ。本所大徳院に養生所を設けるという案には、私も賛成でございます。私の治療院とも近うございますので。芝居などの禁止、郭《くるわ》の閉鎖なども切にお願いします。とにかく人が集まらないようにしなければなりません」

女中が部屋の行燈の蠟燭《ろうそく》を取り換えている。これで二回目である。

灯りが灯されたのが五つ、戌《いぬ》の刻近くであったから、蠟燭の燃え尽きる時間から推測して、丑《うし》三つを過ぎているだろう。

ようやく長時間の検討が終わろうとしている。孝助は安堵した。その時、ふっと目の前が暗くなった。孝助は一瞬、眠ってしまったのかと思った。疲れが襲ってきたのかもしれない。慌てて目をこすった。こんなところで居眠りをすれば、大変な失態となってしまう。

目をこすったが、暗闇は晴れない。すると、目の前がぼんやりと明るくなった。

——あれは……。

薄明かりの中に、人影が見える。

——母上！

孝助は目を瞠った。夢を見ているに違いない。亡くなったはずの母お栄が孝助の目の前に立って、にこやかな笑みを浮かべている。

——孝ちゃんや。

——はい。

——お蔭様で私はこちらで楽しく暮らしていますから、安心してください。

お栄は黄泉《よみ》の国で安らかに暮らしている。孝助は涙が止まらなかった。

――今、江戸では奇妙な病が流行り、大変なようですね。孝ちゃん、あなたは薬種商です。薬で多くの人を助けなさい。ついてはお父上の篠原様を頼りにするのです。お父上のご領地丹波は、薬草の豊富なところですからね。わかりましたか。

――はい、母上、承知いたしました。すぐにでもお父上をお訪ねいたします。

孝助は涙を拭った。

「孝助、大丈夫か。何を泣いておるのだ」

徳庵が心配そうに、孝助の顔を覗き込んでいた。

「今、母が……」

孝助は涙目で言った。

「お栄さんが出てこられたのか」

「はい。一瞬、夢を見たのでありましょうか。そこに母がおりました」

「何かおっしゃったのかね」

「こちらの世界で元気にしていると言い、私に、薬種商なら薬を作れと」

「さすがである。亡くなってもあの世からお前のことを案じておられるのだ。お栄さんのおっしゃる通りである。孝助は、なんとしても南蛮風邪に効く薬を作れ。いいか」

「いかがした。気分でも悪くなったか」

岩瀬は、怪訝そうな顔を孝助に向けた。

「なんの」徳庵が岩瀬に微笑みかけた。「孝助の亡くなった母御が夢に現れ、薬を作れと申したのであります」

「ソレハ、スバラシイ。クルドァム、デス。クルドァム、トハ、キチユメ、デス」

ヤンが嬉しそうに声を上げた。

「母は、父の篠原清右ヱ門に相談しろと申しました。丹波篠山藩青山下野守様の筆頭御家人でございますが、その領地は薬草で有名でございます」

「なんと孝助は、篠原殿のご子息であったか」岩瀬が姿勢を正した。「それは存じ上げず失礼仕《つかまつ》った。篠原殿は武芸に優れた実直なお方であると伺っておる」

「ありがとうございます。父に相談し、南蛮風邪を克服できる薬をなんとしても作りたいと思います」

「ぜひとも頼みましたぞ。なんとしても妙薬を作っていただきたい」

岩瀬は立ち上がり、庭に面した障子戸を開けた。いつの間にか夜が明け、白々と陽《ひ》が射《さ》してきていた。庭の白砂が朝日に輝き、まるで宝石のように輝いている。松の緑も鮮やかだった。

明け六つの鐘が聞こえてきた。

「すぐに触書を出せ」岩瀬は右近に向かって命じた。「芝居は禁止、遊郭、酒楼などは閉鎖。人が集まるのも禁止。公儀でも用意をするが、『福面』作りを奨励し、『福面』をせずして外を歩くべからず。以上だ」

「承知いたしました」

右近が低頭した。

その時、居間の襖が開いた。岩瀬配下の与力か同心と思われる武士が跪いている。

「何事だ」

岩瀬が、先ほどと打って変わった険しい顔つきで武士を睨んだ。

「養生屋の孝助様に、只今、使者が参りまして、すぐに店に戻るようにとのことであります。子細《しさい》は詳しく存じませんが、南蛮風邪に関わる事態かと思われます」

「使者の名はなんと申しておりますか」孝助は武士に駆け寄った。「はぁ、末吉とか申す者でございます」

「末吉が参りましたか」

丁稚の中でも優秀な末吉である。末吉が店を開ける前の早朝に奉行所まで駆けつけるとは、よほどの事態が起きたものと見える。孝助は、すぐにでもここから退出せねばと思った。まさか、おみつが南蛮風邪に罹患したのではないか……。

孝助は岩瀬に向き直り、深く低頭した。

「はなはだ申し訳ありませんが、店の一大事かと思われます。すぐに戻らねばなりません。お許し願いたく存じます」

「ああ、すぐに戻りなさい」岩瀬は頷いた。「右近、駕籠を用意しなさい」

右近はすぐさま立ち上がり、居間から退出した。

「孝助殿、必ずや南蛮風邪を退治する薬を作ってくだされよ」

岩瀬が強い視線で孝助を見つめた。

「必ずや良き薬を作り上げる所存でございます」

孝助は決意を込めて岩瀬を見返した。

第七話　命懸け

江戸に蔓延し始めた南蛮風邪で、多くの人が亡くなります。

実際、江戸では何度も疫病が流行り、多くの人が亡くなりました。

芝居小屋、料理屋、遊郭、旅籠などは閉鎖されました。武士たちの江戸城への登城や各種役所への出仕が禁止されたという記録もございます。

亡くなった人は火葬場に運ばれる訳ですが、小塚原《こづかはら》にあった火葬場へと向かう棺桶を積んだ荷車の列は、絶えることがなかったといいます。

当時はウイルスや細菌の知識がありませんでしたから、疫病は狐狸妖怪《こりようかい》や疫病神などの仕業《しわざ》であると恐れられたようであります。ある武家の屋敷に疫病神が泊まりにきて、親切に世話をしたお礼に厄除けの札を渡された……など、「蘇民将来」の逸話と同じような話が瓦版などで流布《るふ》され、人々は信じたようでございます。

蜜柑《みかん》など酸味のある果物が疫病に効くと噂になれば、それが暴騰しました。落語に『千両蜜柑』という、季節外れの蜜柑一個が千両もするという話がございますが、これなどは疫病が原因で作られた話かもしれません。

幕府は疫病に苦しむ庶民に「一人につきお米五升《しょう》、女は四升、三歳以上の童子には三升ずつ」と、米また金銭の支給をしたのでございます。まるで現代の新型コロナ流行の際の給付金と同じであります。江戸時代も現代も、生活支援をしなければ民心は安定しないのでありましょう。

また民心の動揺に付け込む輩《やから》は、いつの時代にもいたようでございます。

「げに熱病の激しきものの、熱邪腸胃《ねつじゃちょうい》を焦がす折、黄金一味《おうごんいちみ》を水に煎《せん》じて冷ゆるを待ちて飲ませれば、たちまちにして熱を治することあり」と大いに宣伝し、ただの水を黄金水などと言い繕い、高額で販売する者がいたようであります。

1

駕籠を降りた孝助は、唖然《あぜん》とした。

早朝にもかかわらず、養生屋の店先を多くの人が取り囲んでいる。

「末吉、いったい何事ですか」

孝助が訊くと、別の駕籠に乗っていた末吉が飛び出してきて、急ぎ足で孝助に近づいた。

「天啓教が奥様の南蛮風邪を治してみせると触れ回ったものですから、この有様なのです」

末吉は今にも泣きそうな顔で答えた。

「奥様が、南蛮風邪に罹られたのですか」

「ええ、そのようなのです」

「それは確かなのですか」

孝助が問い詰めると、末吉は困惑したように涙を溢れさせた。

「天啓教の教祖とかいう男が、やってきまして……。だれも応対する者がおりませんでしたので、奥様が出られました。すると、奥様はその場で気を失われて……」

「わかりました。とにかく店に入りましょう」

孝助は末吉を伴い、人だかりをかき分けながら店の中に入ろうとした。

「もう駄目らしい」「いや、なんでも南蛮風邪を治すらしいぜ」「そんな特効薬があるのかい」といった囁《ささや》きが聞こえる。孝助は不安を募らせ、歩を速めた。

治である。

「孝助さん」

今まさに店の中に入ろうとした時、背後から声をかけられた。振り向くと九平治である。

「九平治さん、どうしてここに」

九平治の店は両国にある。こんな早朝に日本橋まで足を運んでいるはずはない。

「養生屋の奥様が病に倒れられたと親しい魚屋から聞き及びまして、急遽《きゅうきょ》、駆けつけた次第です。なんでも、それを天啓教とかいうのが治すってんで……」九平治は辺りを見渡した。「それにしても、この騒ぎはいったいなんですかね」

「私にもよくわかりません」孝助はふと、あることに思い至った。「九平治さん、一緒に来てくれませんか」

「ようござんす。ご一緒させていただきます」九平治は答えると「ごめんなすって」と人だかりをかき分け、孝助の後に続いた。

2

店の中では、手代の弥三郎や丁稚たちが、緊張の面持ちでずらりと並んで孝助を迎えた。

「みんなどうしたのです」

「番頭さん、お待ちしていました。どうしていいかわからず、奉行所の大事なお役目の途中であることは承知しておりましたが……」

弥三郎が遜《へりくだ》って申し出た。

「そんなことはどうでもよいことです。それで、旦那様や奥様は……。そしておみつ様は」

おみつの姿が見えず、孝助は焦っていた。

「奥におられます。中庭です」

「中庭に？　なぜ」

孝助の戸惑いが伝染したのか、弥三郎も怯《おび》えたように首を振った。

孝助は中庭へと急いだ。九平治、弥三郎、そして末吉が後に続いた。

養生屋は間口こそそれほど広くなく、各種の薬種が並べられ客を迎えるようになっているが、奥は広い。

五兵衛たち家族が住む居間が一番奥にあるが、その手前に客間があり、そこからは中庭を望むことができた。

大名屋敷のような広い庭ではないが、客をもてなし主人が憩《いこ》うには十分な造りとなっていた。

砂洲には踏み石、石灯籠《いしどうろう》が配置され、松や楓《かえで》などの木々が植栽されていた。さっぱりと涼やかな景色を演出していたのである。

五兵衛はこの庭を格別に好んでいた。縁側に腰かけ茶を含みながら、日がな一日、庭を眺めていることさえあった。

「ああっ」

孝助は思わず声を上げた。

五兵衛が好んでいた庭には護摩壇《ごまだん》が作られ、護摩を焚《た》く炎が、赤々と燃え盛っている。護摩壇の前に立った白装束の男が灰色の髪を振り乱し、紙垂《かみしで》をつけた榊《さかき》を上げ下げして、激しく呪文を唱えている。

男の後ろに畳が敷かれ、その上におさちが寝かされていた。

その光景を、心配そうに五兵衛とおみつが見つめている。二人とも砂洲の上に膝を正し、直に座していた。

五兵衛は、流行り病にかこつけて人心の不安を煽る輩を、薬種商の矜持《きょうじ》にかけて軽蔑《けいべつ》し、拒否していたはずだ。それなのに、なぜこのような輩を屋敷内に入れてしまったのか。

孝助は、庭を望む廊下に立ち尽くした。

「昨日の暮れ六つ過ぎでございます。ちょうど、番頭さんが奉行所へ行かれた直後、天啓教の連中が突然やってきました」弥三郎が説明した。「旦那様がご不在でしたので、奥様が応対されました。すると奥様が突然、お倒れになりました。驚いて助け起こしたのですが、ぐったりとされて意識がありません。おろおろしていますと、あの男が騒ぎ立てました。『南蛮風邪じゃ。あくどく儲けている祟《たた》りじゃ』と……。そこへ旦那様がお帰りになりました。あの男は『私が治して進ぜよう』と言って、仲間を引き連れ、そのまますかずかと店内に入り込みましてかこつ……。旦那様も奥様が倒れられたことで狼狽《ろうばい》され、渋々、言われるままにされております。一晩中、祈禱しておりまして、旦那様もおみつ様もお疲れになっておりたまます。それに連中は目つきの悪い者ばかりで、やたらとあちこちうろうろしております。なにか盗まれるのではないかと気がかりで、気がかりで」

「一晩中、この有り様ですか……」

驚くとともに、孝助の脳裏にある考えが浮かんでいた。

3

「南蛮風邪が江戸に流行りおり、この病で死するあまた数知れず」教祖と思《おぼ》しき男が髪を逆立たせ、歌うように呪文を唱える。「医者も薬種も効き目なく、皆、松板の箱の主となり、御仏《みほとけ》の炎にて焼かれるを待つばかりぃ。どうか牛頭天王様、ここに横たわる哀れなる女の命をば、お助けくださいますようお願い申し上げます。我は、蘇民将来の子孫也、子孫也……」

男が榊を振りまわすと、紙垂がちぎれんばかりに空《くう》を切った。

孝助は、今すぐにでも五兵衛に声をかけて祈禱を止めさせようとしたが、思いとどまった。

人は弱い。五兵衛にとって何よりも大事なおさちが倒れているのである。それも突然のことだ。本当に南蛮風邪かどうかはわからないが、意識を失っていることは事実である。五兵衛は今、藁《わら》にもすがりたい気持ちだろう。もし祈禱を止めさせておさちが永遠に目覚めなかったとしたら、五兵衛は孝助を終生、許さないに違いない。

「奥様は、どのようにお倒れになったのですか」

孝助は弥三郎に訊いた。

「それは突然でした。奥様は、あの教祖にお会いになりました。すると、教祖が突然、奥様の両肩に手を置いたのです。その途端に、まるで崩れるようにお倒れになりました」

「咳などはされていたのですか」

「いいえ、まったくそのような症状はありませんでした」

「そうですか」

孝助は、南蛮風邪に罹った人を見てきた。おさちの様子からすると、南蛮風邪ではないだろう。心の臓の病かもしれない。それとも……。

「九平治さん」

孝助は隣に立っている九平治に声をかけた。

「へい」

九平治が小声で返事をする。

「彼らがここを出た後どこへ行くのか、突き止めてくださいませんか」

「わかりやした。お任せください」

九平治はきりっとした顔になった。

「蘇民将来の子孫也、子孫也、えええぃ、ええぃ、きぇーっ」

男の叫び声が中庭に響いた。すると、ごぼっ、ごぼっと大きな息を吐き、おさちが身を捩った。意識が戻ったのである。

「おお、おお！」

五兵衛が歓声を上げた。その後は言葉にならない。

「お母様！」

おみつも悲鳴のような声を上げた。

「あら……いったい私、どうしたの」

おさちは目の前に五兵衛とおみつがいることに驚き、目をしばたたかせている。

「おさち！」

五兵衛がおさちの身を抱きかかえた。

「はい……」

おさちはまだ十分に目覚めていないのか、虚《うつ》ろな目をしていた。

「もう無事でござる。南蛮風邪を放逐《ほうちく》してしまったからの」

教祖が厳《おごそ》かに言った。

「ありがとうございます。ぜひお礼をさせてください」

五兵衛は男に頭を下げた。

「礼には及ばん。我が天啓教の力をお認め頂ければ、それでよろしい」

「しかし、お礼を受け取っていただけなければ、当方の気がすみませぬ」

五兵衛は、あくまで礼金を渡そうとしている。

「旦那様」孝助は声をかけ、中に割って入った。「天啓教の教祖様には、このまお帰り頂いたらよろしいのではないでしょうか」

「おお、孝助、戻ってきたのか」

五兵衛が安堵の表情を見せた。

「孝助さん」

おさちの傍に寄り添っていたおみつの表情にも笑顔が戻った。

「お前は、いつぞやの番頭だな。失礼な奴だったことを覚えておるぞ」

教祖が孝助を睨み、榊を突き立てた。

「その節は、失礼いたしました。今日は、このままお引き取りくださいますでしょうか。お礼は後日ということでお願いいたします」

孝助は丁寧だが、毅然《きぜん》と言った。

「孝助、なにを言うのだ。おさちを治してくださったのだぞ。南蛮風邪が治ったのだぞ」

五兵衛が怒った。

「教祖様は、まだまだ多くの人を助けねばならないかと存じます」孝助は廊下に正座し、教祖に向かって叩頭《こうとう》した。「外には多くの人々が待っておられます。是非《ぜひ》、その方々も助けていただきたく存じます」

「その方の言うとおりである。儂は、待ち望んでいる人々のもとに行かねばならない」孝助の言葉に気をよくしたのか、教祖は薄ら笑みを浮かべた。「そこでじゃ。南蛮風邪の邪鬼が二度と入り込まぬように、弟子たちがこの店の内に札を貼っておいた。これを剝《は》がすでないぞ。絶対に剝がすでないぞ」

「ははぁ、わかりました。未来永劫《えいごう》貼らせていただきます」

五兵衛はすっかり天啓教の信者になってしまったかのように頭を下げた。

孝助が辺りを見渡すと、廊下や居間の壁にびっしりと札が貼られていた。弟子たちが奥座敷などを歩き回って貼ったのだろう。

「では失礼する」

教祖は仲間を連れて養生屋を出て、店を取り囲む人々の中に入っていった。

「病気が治ったそうだ」「天啓教は力があるぞ」

人々が驚きとともに囁き交わす声が、孝助のいる座敷にまで聞こえてくる。人々は今頃、彼らが配る「蘇民将来之子孫也」の札を奪い合っているのだろう。

4

中庭の護摩壇から、まだ煙が上がっている。

五兵衛とおみつに抱えられて座敷に上がったおさちは、白湯《さゆ》を飲んでいた。

「旦那様……」

孝助は五兵衛の正面に正座し、呼びかけた。

「なにかの」

五兵衛はやや放心したように言った。おさちが無事であったことで緊張の糸が切れたのだろう。

「私は、南蛮風邪に苦しんでいる人を目にしております。奥様のご様子は、南蛮風邪ではありません。咳も熱も痛みもないようです。あの天啓教の教祖は、奥様に『すくみの術』をかけたものと思われます。呪文で人を金縛りにし、再び呪文で自在に解き放つことができるといいます。妖術でございます。まやかしでございます」

「孝助、なんということを言うのだ」五兵衛は顔つきを急変させ、怒りを露《あら》わにした。「薬だけでは治らぬ病があるのだ。そのことを改めて知った。あれをまやかしと言うのか。謝るのなら今だぞ」

すっかり天啓教の虜《とりこ》になっている。

「旦那様、お聞きください」

孝助は負けじと五兵衛を睨み据えた。

「話してみなさい」

五兵衛は孝助の勢いに気圧《けお》され、たじろいだ。

「私が曲独楽師の藤沢親分の下で修行していた頃、ある武芸者が訪ねてきました。その武芸者は、藤沢親分が差し出した鶏や犬を、両手をかざすだけで眠らせたのです。孝助、次はお前だぞと親分に言われたものですから、私はびくびくと武芸者の前に立ちました。武芸者は私の目をじっと見つめ、両肩に手を置くと、ぽんと叩きました。するとなんということでしょうか。目の前が暗くなり、気が遠くなって、私は立っていられなくなったのでございます。目を覚ました時には、いったい何が起きたのかわかりませんでした。どうしてそうなるのか私にはわかりませんが、人を自在に眠らせることができるのでございます。奥様も同じではありませんか」

「旦那様、孝助の言う通りでございます」おさちは恐れからか、唇を震わせた。

「あの教祖に肩を叩かれた途端に、なにもかもわからなくなってしまったのです」

「藤沢親分の話では『すくみの術』という武芸で、一瞬にして相手の気を奪う術ということでございました。天啓教の教祖は、その術の使い手なのでございましょう」

「孝助の言うことが正しいと思います。私は薬種商の妻として、南蛮風邪に罹らぬように人一倍気をつけておりました。咳も熱も、なにも症状はありません。南蛮風邪といわれたことは恥でございます」

「では天啓教はなぜ南蛮風邪と偽って、あのような護摩まで焚いたのであろうか」

五兵衛に冷静さが戻ってきた。

「奉行所でお聞きしたことを申し上げます」孝助は言った。「こたびの南蛮風邪の流行で、多くの不逞《ふてい》の輩が跋扈しているとのことでございます。とりわけ悪質なのが、商家に南蛮風邪を治すと言って入り込み、下調べをした上で、押し込みに入る盗人たちであるとのことでございます」

「すると、何かぇ」

五兵衛は、孝助が言わんとするところを察したのだろう。身を乗り出した。

「はい。あの天啓教は、その盗人どもであると思われます」そう言って、孝助は視線を壁に貼られたお札に向けた。「奥様の南蛮風邪を治すと言い及んで、屋敷内まで入り込み、下調べをした上で、押し込みに及ぶつもりでございましょう。あの札は、奴らが押し入る際の目印としているのではないでしょうか。あの札が貼られているところに盗む物があると見ているのでしょう」

「怖い」

おみつが孝助にしなだれかかった。

「ご安心ください、おみつ様。今、九平治さんが、奴らの居場所を突き止めるために後をつけてくれています」

五兵衛は腕組みをした。

「押し込みが増えているとは聞いていたが……孝助、どうしたらいいのだ」

「私に考えがあります。奴らが本当に盗人一味であり、今夜、襲ってくるのか、それとも違うのか。まだわかりません。しかし今日、南蛮風邪にかこつけてまんまと下調べを終えたので、善は急げ……否、悪は急げでございますが、今夜、押し込んできてもおかしくはありません。そこでご提案です。旦那様、奥様、おみつ様には宿を取りますので、そちらでお休みいただけないでしょうか。手代や丁稚たちの寝床も、別の場所に手配いたします」

「孝助、お前はどうするのだ」

「私はここで奴らを迎えます」

「やめて！　孝助さん」

おみつが悲鳴を上げた。

「心配要りません」孝助はおみつに微笑みかけた。「火付け盗賊改めの方々に張り込みをしていただくことにいたします」

「なんとのぉ、火盗改《かとうあらた》めの方々にお頼みするのか」

五兵衛は、孝助の大胆な工作に驚きの声を上げた。

火盗改めとは正式には「盗賊並びに火付御改役」という。凶悪な犯罪が増え、町方だけでは対処が難しくなり、御先手組《おさきてぐみ》などから選ばれて特別に組織されている。彼らは、下手人が寺社や武家屋敷に逃げ込んでもどこまでも追い詰め、捕縛することができた。そのため非常に恐れられていた。火盗改めは、若年寄の支配下にあり、老中支配下の奉行所とは別系統である。しかし、南蛮風邪の流行以来、跋扈《ばっこ》する盗賊に頭を悩ませているのは両者とも同じである。支配系統は違えど、岩瀬に頼めば、若年寄と協議し、火盗改めが動いてくれるはずであると孝助は自信を持っていた。

「養生屋の周辺は勿論、店の中にもお入りいただき、奴らが押し込みましたら、一網打尽《いちもうだじん》にいたします」

孝助は策を説明した。

「番頭さん。私と末吉もご一緒させてください」

手代の弥三郎が懇願《こんがん》した。

「その心意気、お受けします」

孝助は頷いた。

「皆、よろしく頼む。危なくないように、くれぐれも気をつけてくれよ。それにしても儂は薬種商のくせして薬に頼らず祈禱に頼るとは、情けないの」

五兵衛は肩を落とした。

「なにをおっしゃっているのです」おみつが五兵衛を励ました。「お母様を大切に思われている証でございます。私たちも見習いたいと思います。ねえ、孝助さん」

おみつに笑みを向けられ、孝助の顔が、恥じらいでたちまち赤くなった。

5

九平治が息を弾ませて帰ってきた。既に五兵衛をはじめ店の者たちは、孝助が手配した宿に退避している。残っているのは孝助と弥三郎、末吉だけだった。

「九平治さん、いかがでしたか」

孝助は勇んで訊いた。

「奴らは、南本所番場町《ばんばちょう》にある明王寺《みょうおうじ》という荒れ寺に拠点を構えておりやした」

「そうでしたか、ご苦労さまでした」

南本所は、吾妻橋《あづまばし》の南に広がる寺社や武家の抱え地である。人の住まいは少なく、無人の荒れ寺が多い。盗賊たちが隠れるにはもってこいの場所である。

「天啓教とは名ばかりで、牢人者《ろうにんもの》や半端者ばかりがたむろしておりやした。遠目でしたので何を話しているかまでは聞こえませんでしたが、例の教祖らしき男が仲間を集めて何やら威勢のいいことを叫んでおりました」

「それだけで十分です。実は先ほど南町奉行の岩瀬様にお願いしましたら、早速、若年寄様とご協議していただき、養生屋の周辺に火盗改めの方々を配していただく手はずを整えました」

「それはいいや。やつらを一網打尽にしてやりましょう。して私どもはいかがいたしましょうか」

九平治が言った。弥三郎も末吉も息をひそめて、孝助の指示を待っている。

「もうすぐ火盗改め方頭の井上正治《いのうえまさはる》様が来られます。その指示に従いましょう」

その時「ごめん」と裏木戸から声が聞こえた。声を聞いた末吉が、慌てて裏へと走った。

「来られたようだ」

末吉の案内で、大柄の武士が裏木戸から入ってきた。槍持ちと二人の与力を従えている。

井上は、金色の井桁紋《いげた》が鮮やかに輝く陣笠を被り、紋付、袴姿であった。胴丸は黒漆に、やはり金色の井桁紋。立派な口髭を蓄え、眼光は鋭い。いかにも勇壮な武士である。

「この度《たび》は、お世話になります。番頭の孝助でございます。こちらに控えますのは、手代の弥三郎、丁稚の末吉、そして本所で料理屋を営む九平治にございます」

孝助は遜った辞儀をし、背後にいる者たちを紹介した。弥三郎たちも低頭した。

九平治がわずかに顔を上げ、にやりとした。

「おお、九平治、こんなところにいたのか。なにをしておるのだ」

井上が威厳のある顔を崩した。

「へい、ちょっとこちらの孝助さんとご縁がありましてね」

「この南蛮風邪でお前の店が閉められておるのは残念でたまらん。早く開けろ」

「わかっております。この問題が片付きましたら、井上様のご慰労をさせていただきます」

「そうか、約束じゃぞ」

井上は満足そうに口髭を撫《な》で上げた。

「お知り合いなのですか」

孝助は驚き、九平治を見た。

「うちの店の常連様なのです。井上様はね」

「九平治の揚げるてんぷらは最高での。思い浮かべただけで涎《よだれ》が出るわ」

井上が豪快に笑った。

「それはご縁でございます」孝助が申し出た。「もしよろしければ、この一件が首尾よく片付きましたら、九平治様の店で一献《いっこん》いかがでございますか」

「それは良き趣向だ。楽しみにしておるぞ」井上は上機嫌《じょうきげん》に言いつつ、真面目な顔に戻った。「さて、この度はよからぬ連中に見込まれたものであるのぉ。養生屋の孝助殿は南蛮風邪をなんとかしてくれるはずの大切な御仁《ごじん》であるからお守りするように、と若年寄様から仰《おお》せつかったのだが……」

「それはそれは、もったいのうございます」

孝助は頭を下げた。

「天啓教の連中は、江戸市中を荒らし回っておる不届き千万な盗賊団である。奴らを捕まえる機会を得られて嬉しく思う。養生屋の周辺、そして店の中にも部下を配置するゆえ、安心するがよい。今夜奴らが押し込んでくるというのは確かであるのか」

「井上様、奴らの溜まり場を突き止めました」九平治が口を挟んだ。「南本所番場町の明王寺という荒れ寺でございます」

「そうか。でかしたぞ。早速、探索方の与力を送り込むことにしよう。今夜かどうかは不明ではあるが、奴等がここに押し込んでくるのが楽しみであるの」

井上は不敵に笑い、隣に控えている与力に何かを指示した。探索方を明王寺に派遣するのだろう。

「私どもはどうしておればよろしいでしょうか」

孝助が訊くと、井上は難しい顔をした。

「怪我《けが》されると、困る。どこかに隠れていただけないかの」

「できれば帳場に座って、奴らを迎えたいと思いますが、いかがでしょうか」

「それは剛毅《ごうき》であるが、して？」

井上は首を傾げた。

「病を利用してあくどい所業を為《な》す者を薬種商として許せるものではありませぬ。ここでしっかりと目を開き、彼らが井上様の手にかかり、捕縄されるところを見届けたいと思います」

「わかり申した。その心意気やよしといたしましょう。孝助殿たちは、帳場にて我らの働きをとくとご覧ください。よき見世物《みせもの》となるであろう」井上は口髭を軽く撫でた。「して、あれはなんでござるかな」

井上が部屋の柱に貼られた札を指さした。

「あれは天啓教の連中が貼っていきました。剝がすことはならんと言い残して」

「以前、押し込みに遭《あ》った屋敷にも同じような札が貼られておったのぉ」井上が呟いた。「あれはめぼしい金品があると奴らが目星をつけたところに貼る目印であろう。災難を避けるどころか、災難を招く札であるぞ」

「私もそのように考えます」

「剝がしてしんぜようか」

「いえ。『蘇民将来之子孫也』は昔から人々を守ってきたお札でございます。お札も、悪党に利用されて怒っておることでありましょう。お札も彼らの最後を見たいのではないでしょうか」

「わかり申した。蘇民将来殿にも奴らの足掻《あが》きをご覧にいれましょう」

井上は、豪快に笑った。

木戸が閉まる亥《い》の刻が近づいてきた頃、井上配下の与力が戻ってきて、なにごとかを耳打ちした。

「今、探索方から連絡が入った。奴らは明王寺を三々五々出発したそうだ。木戸番に不審がられないように集まってくるつもりだ。半刻《はんとき》もすればここに集まるであろう。いよいよですぞ。店の内外に与力、同心たちを配置しましたから、ご安心くだされ」

6

養生屋の戸が、乱暴に打ち立てられた。

「来たな。戸が破られないうちに開けていただきたい。奴らを中に入れたら一気に捕縛する」

井上はそう言い残すと、店の奥に引き下がって隠れた。

孝助が腰を上げたその時「私が出ます」と末吉が素早く立ち上がった。

弥三郎と九平治が、孝助を守るように両脇に寄り添った。

「こんな夜更《よふ》けにどちら様でございますか」末吉が戸の外に声を掛ける。「そんなに激しく戸を叩かれますと壊れてしまいます」

「子供が熱で苦しんでいる。薬を分けてもらいたい」

外から男の声が聞こえた。

「わかりました。今すぐにお開けします」

末吉は孝助の方を向き、こくりと顎を引いた。

孝助は頷き返して、ごくりと唾《つば》を呑み込んだ。震える膝頭を、拳で強く叩いた。

末吉が、閂を外した。戸に手をかけようとしたまさにその瞬間、勢いよく戸が蹴破られた。戸板が宙を舞って土間に落ち、大きな音を立てて転がった。

「ひえっ！」

末吉が後ろに倒れ、しりもちをついた。

「行け！」

怒声が響いた。頭巾《ずきん》で頭を、覆面で鼻と口を覆い、目だけを覗かせた者たちが一斉に店の中へと入ってきた。

その数、十人はいるだろうか。統領と思しき男が仁王立《におうだ》ちになった。頭巾に縫い留められた金色の蛇の紋が、暗闇に輝いている。腰には刀を差している。統領の背後に、仲間がずらりと並んだ。皆が抜刀している。暗がりに白刃が不気味な光を放っている。

「おお、お前か」

統領が、孝助の前にずかずかと歩いてきた。

「どちらさまでしょうか」

孝助は統領を睨みつけた。弥三郎と九平治が脇を固めている。

「ははは」統領は笑った。「今朝方、ここの奥方の病を癒した者だ」

「天啓教の教祖様でございましたか。今夜は異様な出で立《いた》ちで、驚きました」

「おお、驚かせてすまぬ。今朝方、この店の金の在り処などを十分に調べさせてもらった。ゆえに、今夜は病の治療代を頂きに参った」

「確か、治療代は不要とおっしゃったかと記憶しておりますが」

「そうじゃった。小銭はいらんということだ。南蛮風邪で薬種商は大儲けしておる。その儲けを我が天啓教に捧げてもらおうかの」

統領は、刀を抜いた。

「私ども薬種商には、南蛮風邪の治療薬を作るという責務がございます。そのためには金も必要になります。あなた様に差し上げる金は一文もございませぬ」

孝助は臆《おく》せず言い切った。

「何を生意気な」

統領が刀を上段に振りかぶった。

「それ！　もろども、うちかかれ！」

孝助たちの背後から、井上の大音声《だいおんじょう》が轟いた。

瞬間、与力、同心、岡っ引きら捕方衆が、どっと店の中になだれ込んできた。

戸板が外され、開け放たれた養生屋の入り口には捕方衆がずらりと並び、天啓教の者たちの逃げ場を塞いでいた。提灯に書かれた『捕物』の文字が黒々と浮かび上がっている。

「な、なんと。おぬし、謀《はか》ったな」

統領が叫んだ。覆面から覗いた目が焦りで泳いでいた。

「それ！」

井上の掛け声で、一斉に捕縛縄が投げられた。

慌てふためく天啓教の者たちは刀で縄を切ろうとするが、次々に投げかけられる縄に、刀が搦《から》め取られてしまう。まるで蜘蛛《くも》の巣に搦め取られる虫のようだ。

数人の捕方が梯子《はしご》を抱えて、統領に向かっていった。統領は刀を大きく振りかぶって梯子を斬りつけたが、あえなく撥《は》ね返された。

捕方衆が刺叉《さすまた》、突棒《つくぼう》、袖搦《そでがらみ》などを繰り出して、悪党どもを一網打尽にしていく。

もはや立って抵抗しているのは統領のみだった。他の者たちは身動きが取れなくなり、捕方によって縛り上げられている。

「おのれ！」

統領が大声を上げた。渾身《こんしん》の力を振り絞り、梯子を撥《は》ね除《の》けた。捕方たちが「あっ！」と叫んで土間に倒れ込んだ。

統領は、「いえっ！」と奇声を放つと、体に絡みついた何本もの捕縛縄を引きちぎった。蜘蛛の巣から虫が逃げ出そうとしているのだ。もし鬼がいるならば、統領の顔はまさにその形相《ぎょうそう》である。

「ええぃっ！」

統領が刀を振り上げた。その先には孝助がいる。

それでも孝助は統領を睨んだまま、まったくその場を動こうとしなかった。八岐大蛇《やまたのおろち》と戦う須佐之男命《すさのおのみこと》のように、一歩も引かない。

孝助は、人の不幸につけ込んで金を儲けようとする者を許すわけにはいかなかった。ここで恐れれば、南蛮風邪も退治できないと思ったのだ。

刹那、九平治が孝助の体に寄り掛かり、押し倒した。

「ぎえっ！」

断末魔《だんまつま》が養生屋の内に轟いた。

統領が刀を振りかぶったまま、頭蓋《ずがい》の頂点から真っ二つに切り離されたのである。頭蓋から血が、火山の噴火のように噴き出した。統領の体は切り離され、ゆっくりと左右に分かれ、崩れ落ちていく。生気を失った虚ろな目だけが、孝助を睨んでいた。

井上がすんでのところで飛び出し、自ら刀を抜いたのである。居合の使い手として名高い井上の刀は、一瞬のうちに統領を斬り捨ててしまった。

「ふう」孝助に覆いかぶさった九平治が息を洩らした。「無茶しないでくださいよ」

「すみませんでした」孝助は体を起こし、井上に頭を下げた。「ありがとうございました。これで南蛮風邪を退治する薬を作る勇気が出て参りました」

「こちらこそ、こんな奴の血で店を汚してしまったのぉ。すまぬことをした」

井上は懐から懐紙を取り出し、刀についた血糊《ちのり》を拭った。

「見事な腕前でございます」

孝助が言うと、井上は刀を鞘《さや》に納めながら、大きく口を開けて笑った。

「私の腕など、おぬしのお父上である篠原清右ヱ門殿には全く及ばぬぞ」

「父をご存じなのですか」

「存じるどころではない。同門の道場で腕を競った仲である。篠原様は、おぬしが必ずや南蛮風邪を克服してくれるとおっしゃられておられたぞ。それにしても孝助殿は、さすが篠原様のご子息じゃ。刀を向けられても一歩も引かぬとは、肝《きも》が据《す》わっておるのぉ。はらはらしたわ」

「恐れ入ります。私は、命に代えても南蛮風邪を治す薬を調合してみせる決意であります」

「頼みましたぞ、孝助殿」

井上たち火盗改めは、天啓教の者たちを捕縛縄で数珠繋《じゆずつな》ぎにして店を出ていった。統領の死骸も菰《こも》に包み込んで運び出す。

「おやおや」九平治が、帳場で末吉が倒れているのを発見した。「気絶していますよ」

「よほど怖かったのでしょう。起こしてやってください」

孝助に言われた九平治が、末吉の顔を平手で叩いた。

「わぁわぁ」末吉は声を上げ、目を白黒させた。「番頭さん、ご無事ですか」

「ははは」孝助は笑った。「終わりましたよ。悪い奴はいなくなりました」

「そうでしたか……。お役に立てず申し訳ありません」

末吉は照れくさそうに額に手を当てた。

「さあ、これからが本番です。南蛮風邪をやっつける薬を作りましょう」

第八話　根津や孝助

　さてここで、現代の主流である西洋医学と、孝助が担っております漢方など東洋医学の違いに触れさせていただきたいと存じます。

　大雑把《おおざっぱ》な言い方ですが、西洋医学は、解剖《かいぼう》学や生理学を活用して病気の原因を突き止めて、患部をピンポイントで治療いたします。

　一方、漢方など東洋医学は、体全体の「気の流れ」を診て、治療すると申します。患部よりも体のバランスを重視するのです。そのため感染症や手術を必要とする病気は不得手なのですが、自律神経の乱れから来る病気などには効果を発揮するのであります。

「未病《みびょう》」といわれる体のだるさ、疲れやすさ、冷えなどに効果があるのです。

　会社勤務でストレス過多になられた方の健康回復には、漢方が宜《よろ》しいかもしれません。

　ところがインフルエンザなどの感染症は、ウイルスという目に見えない小さな物が引き起こすことが今ではわかっております。ですからワクチンなどを使い、ピンポイントで治療するのであります。漢方薬では、なかなかウイルスを死滅させることはできません。

江戸時代の人々は、感染症を引き起こすのは「邪鬼」であると考えておりました。そこで宗教に頼ったり、神様のお札を貼ったりしたのであります。ですから紛《まが》い物の宗教がのさばってしまうのです。

江戸時代には、多くの人が天然痘《てんねんとう》やコレラ（虎狼痢《ころり》）に罹って苦しみました。それ以上に人々を苦しめたのはインフルエンザだそうであります。二十七回も大流行が起こっており、ひと月で八万人以上がお亡くなりになったこともあったようでございます。人口が三千万人の時代でございますから、一億二千万人の現代に換算しますと、二十四万人もの方がお亡くなりになった計算になります。恐ろしいことです。

1

猿若町《さるわかちょう》の中村座が、役者名を書いた櫓《やぐら》、看板、幟を立てて、にぎやかに客を呼び込んでいる。

今日の演目は、人気の『菅原伝授手習鑑』である。菅丞相《かんしようじよう》を市川團十郎《いちかわだんじゆうろう》、梅王丸を尾上菊五郎《おのえきくごろう》、松王丸を片岡仁左衛門《かたおかにざえもん》が演じ、当代の名優が揃い踏みである。

「おい、今日の芝居を見逃すようじゃ江戸っ子じゃねえな」

中村座の前に集まった客が口々に言った。数えきれないほどの客が人気役者を見ようと駆けつけている。

「おう、その通りよ。成田屋《なりたや》、松嶋屋《まつしまや》、音羽屋《おとわや》が揃うなんざ、お天道《てんと》様が西から昇るみたいにあるもんじゃねえ」

成田屋は市川團十郎、松嶋屋は片岡仁左衛門、音羽屋は尾上菊五郎の屋号である。

「おい、あれはなんだ」

客の一人が指を差し、叫んだ。集まっていた多くの客たちが一斉に浅草寺《せんそうじ》の方角に視線を向けた。

与力や同心、岡っ引きたちが浅草寺を抜けて、中村座へと駆けてくる。

「何やら叫んでいるぜ」

「なんだって、芝居を禁ずるって言っていないか」

「えっ、まさか、そんなことはあるめぇ」

「与力の旦那方も芝居見物に来たんじゃねえのか」

「そんな雰囲気じゃねえぞ。皆、剣呑《けんのん》な顔つきをしてやがる」

客のざわめきが波のように広がっていく。

中村座の座元が客を割って、前に出てきた。与力が座元の前に立つ。

「おぬしが座元か。私は、南町奉行所筆頭与力、橘右近である」

「この度は何用でございますか」

座元は腰を低くして聞いた。

「この度、ご公儀は、一切の興行を執《と》り行《おこな》うこと、相ならんとお決めになった。南蛮風邪を防ぐためである」

「ええっ、そ、そんな」

座元は後ろにのけ反り、倒れそうになった。

「即刻、客に興行取りやめの触れを出すのじゃ。ぐずぐずするな」

「わ、わかりました」座元は、動揺を隠せぬ顔つきで答えると、声を張り上げた。「皆さま、今日の興行は取りやめとなりました！　申し訳ございません！」

「なんだって！　名代の役者揃い踏みだというから来たんだぜ」

「どうして止めるのよ」

客たちは興奮した様子で座元に詰め寄った。

「南蛮風邪のせいでございます」客に首根っこを摑まれた座元は、橘に助けを求めた。「橘さま！」

座元の窮状を見た橘は、観客たちの前に立つと、十手《じって》を振り上げた。

「今日の興行は取りやめである。即刻、この場を引き払うのだ。ぐずぐず言う奴は、ご公儀に逆らう者として傳馬町《てんまちょう》送りにするぞ」

傳馬町送りとは、すなわち小傳馬町の牢獄に入れるということだ。ここに入ると、いっそのこと死刑になった方がましであるといわれる程、苛烈《かれつ》な刑罰が待っている。

「おいおい、傳馬町に送られたらたまんないぞ」

「仕方がない。お上《かみ》には逆らえない」

客たちは不服そうではあったが、ぞろぞろと牛に引かれるように帰っていく。

「南蛮風邪に罹って死にたくなければ、家に籠もっていろ！」

橘は客たちの背中に向かって叫んだ。

中村座だけでなく、市村座、森田座の江戸三座は強制的に閉鎖された。その他の小さな芝居小屋も同様だ。

「吉原も品川も、どこもかしこも閉められてしまった。寂しいことだ」

橘は、帰りを急ぐ客の背中を見つめて呟いた。

南町奉行岩瀬は、江戸中の芝居小屋、遊郭など人が集まるところをすべて閉鎖させたのである。

橘たち与力同心たちは、強制力をもって閉鎖を実行した。

江戸の街から賑わいが消えてしまった。それでもまだ南蛮風邪の勢いは収まらず、多くの人が苦しみ、死に至っていた。

「南蛮の風吹け吹けと、薬屋、坊主ふいご吹く」

と、巷で狂歌が歌われる始末だった。

2

孝助は、本所回向院近くにある大徳院境内に新設された養生所にいた。

養生所とは、幕府が貧しい人々を病から救うために開いた、ある種の病院である。

小石川に最初の養生所が作られたが、今回の南蛮風邪の流行で、それだけでは間に合わなくなった。

養生所には、南蛮風邪に罹患した人たちが次々と運び込まれてきた。

孝助は養生屋からありとあらゆる薬種を運びこみ、それらを病人に処方し、効き目の有無を試していた。

しかし、芳《かんば》しい成果は得られず、焦りを覚えていた。

「どうしたのですか、その恰好《かっこう》は」

孝助は、ヤンの姿を見て目を瞠った。

養生所を訪ねてきたヤンは金髪を束ね、武士の姿になっていたのだ。

鮮やかな浅葱色に染められた着物に、これまた紺地に明るい若竹色の縞模様の袴を穿いている。

「コウモウジンニ、マチガワレナイ、タメデス」

ヤンは、少し苦い笑みを浮かべた。

南蛮風邪で多くの人が亡くなり、江戸の街は死んでしまったように静かになった。皆、南蛮人や紅毛人のせいだと恨《うら》んでいる。実際、ヤンも暴漢に襲われていた。

「そうでしたか……」

孝助は、ヤンの懸念を推《お》し量《はか》りながらも、市中の暗く沈んだ空気に馴染《なじ》まない余りの艶《あで》やかさに、かえって目立つのではないかと心配した。

「ドウデスカ。コノスガタ、ブシニミエマスカ」

「ええ、まあ、見えないことはないですが……」

孝助は苦笑した。

「あら、ヤンさん、素敵なお召し物ですこと」

おみつが茶を運んできた。

島田《しまだ》の髷《まげ》に、柿色の地に紅梅色《こうばいいろ》の縞柄の着物を着ている。袖は短く、同じく柿《かき》色《いろ》の紐で縛り、帯は黒繻子《くろじゅす》で地味な藍色《あいいろ》の前掛け姿である。養生屋の一人娘だが贅沢な雰囲気はなく、まるで普通の町娘が手伝いに来ているとでもいった感がある。

ただ、いつもと違うのは、おみつが口元と鼻を福面で覆っていることだった。ヤンが提唱したマスケーである。おみつの福面は、白い絹を何枚か重ねて作られていた。

「オミツサン！　ココニイルノデスカ」

ヤンが驚いた顔をした。

「はい、昨日から来ております」

おみつがヤンの前に茶を置いた。

ヤンは座布団の上に腰を下ろし、足を崩した。まだ正座は出来ない。

「手伝わなくてもよいと申し上げたのですが、おみつ様が是非に、とおっしゃいまして……」

「モウスグ、イッショ、ナルワケデス。キョウリョク、イイコト」

ヤンは、にこやかな笑みを浮かべて、美味《おい》しそうに茶を飲んだ。

3

「ヤンさんもおいでになったのか」

病人の治療に当たっていた徳庵が顔を出した。白い治療服を着て、福面をしている。

「センセイ、ゴブサタ、シテオリマス」

ヤンが頭を下げた。

徳庵はヤンの前に胡坐《あぐら》をかき、おみつが淹《い》れた茶を飲んだ。

「ヤンさんも侍《さむらい》になったようだな」

徳庵が、ヤンの着物姿を見て笑みを浮かべた。

「ワタシ、キラワレテイマス」

「そうですなぁ」徳庵が渋面を作った。「この風邪は、外の国の人が運んできたと思われていますからな」

「コマッタコトデス」

「ヤンさんが提案してくださったマスケー、だいぶ市中に浸透してきましたぞ」

「ソレハ、イイコトデス。ワタシモ、マチ、アルク、マスケー、ツケテイマス」

ヤンは懐から、美しい紅色の福面を取り出した。

「艶《あで》やかですね。私のは、これです」

孝助が机の上に置かれていた白い福面をヤンに見せた。

「オミツサント、オナジ」

ヤンはおみつの福面と、孝助のそれを見比べた。

「はい、おみつ様が作ってくださいました」

おみつははにかんでうつむいた。

「今は何とかしのいでいるが、福面の奨励と、人の集まるところの閉鎖だけでは、人は救えんのが苦しい。そのうち皆が騒ぎ出すであろう」

徳庵が眉間に皺を寄せた。

「旦那様や奥様には、伊香保の方に行っていただきました。養生屋は半分閉めたような状態です。ほとんどの丁稚たちは里に帰らせました。南蛮風邪が収まったら必ず呼び戻すと約束いたしましたが、皆、涙、涙で……」

大店の旦那衆たちは家族を連れて、南蛮風邪がまだ広がっていない各地の温泉地などへと避難していった。

多くの店が閉鎖へと追い込まれた。辛《かろ》うじて薬種商のみが開いてはいるが、それも縮小しての商いである。

巷の噂では、賑わっているのは路傍や舟で客をとる、夜鷹《よたか》と呼ばれる女郎だけだという。しかし、奉行所の目を盗んで客と遊ぶ夜鷹たちから南蛮風邪が広がり、時折、与力たちが一斉に取り締まりに及んでいた。

「エド、ニギワイ、モトドオリニナリマス。カナラズ」

ヤンが決意を込めて断言した。

「孝助の提案で、多くの薬種問屋が無償で薬を提供しましたが、いやはや、大変な数の人が押し寄せましたなぁ。あれには驚きました」

徳庵が呟いた。

孝助が岩瀬に提案し、五兵衛が呼びかけたことで、江戸中の薬種問屋が、貧しい人々のために薬を無償提供したのである。多くの客が店に押しかけ、用意された薬が完全に枯渇《こかつ》する場合もあった。

「ヨウジョウヤ、ヒト、イッパイデシタ」

「確かにそうでしたが……」孝助の表情は冴《さ》えなかった。「どれほど効果があったのか、自信はありません。この養生所に運ばれてくる方も、次々に亡くなっていかれます」

孝助の顔は、連日連夜にわたる薬の調合や病人の世話で、やや黒ずむほど疲労していた。

4

養生所の広間には多くの病人が寝かされていた。彼らは始終咳き込み、高熱にうなされている。処方される薬の効果も虚しく、裏木戸から黄泉の世界へと旅立っていく者数知れずという状態である。

南蛮風邪は江戸中に広がっていた。芝居小屋が閉鎖されているにもかかわらず、やれ松本虎次郎《まつもとこじろう》が亡くなった、やれ尾上橋之丞《おのえはしのじょう》が亡くなったなどと、名人役者の死が人口に膾炙《かいしゃ》され、人々の不安を煽っていた。

千代田《ちよだ》のお城周辺から大川の外れ、霊岸島《れいがんじま》周辺まで、道には点々と死体が放置されている有様《ありさま》だった。

死体は奉行所の手配した人足たちが片付けるのだが、間に合わない。中には腐臭を放つものもあった。

毎日数百人という数の死者が出て、火葬が間に合わないのである。一家全員が亡くなるという悲惨《ひさん》な事例もあり、そのような場合、死体はやむを得ず路上に放置されてしまう。

孝助は養生所を出て、隣の回向院に足を向けた時のことを思い出していた。

回向院の境内には、勇壮な伽藍《がらん》が幾つも配置されている。広い境内では毎年秋に勧進相撲《かんじんずもう》が行われ、人々の歓声で隣に立つ人の声が聞こえないほどである。

しかし、孝助の見た景色には、そのような賑わいはなかった。真逆である。

境内の至るところに棺桶が山なりに積み上げられていた。境内に臨時に設けられた焼き場から上がる煙は絶えることがない。夫を、父を亡くしたのであろう、棺桶に縋りついて女と幼子《おさなご》が泣き喚《わめ》いている。そのような光景が至るところに見られたのである。

「地獄じゃ、地獄じゃ」

着乱した着物の裾《すそ》をはだけて、老婆《ろうば》が叫ぶ。手に持って振りかざしているのは八《や》つ手《で》の葉だ。強力な神通力《じんずうりき》を持つという天狗の葉団扇《はうちわ》に見立てているのだろう。南蛮風邪を吹き飛ばしてくれと願っているのだ。

「こんなことをしていると、江戸中の人が死に絶えるぞ」

「薬も効かねえ」

「医者は役にたたねえなぁ。上様のご威光も南蛮風邪には歯が立たない」

孝助の耳に、人々の不安や苦しみの囁きが木霊《こだま》となって響いていた。その都度《つど》、身を斬られるほどの痛みを感じた。

幸いなことに上様は南蛮風邪から逃れていた。ただ、それも時間の問題である。感染してしまえば天下の一大事となる。

南町奉行の岩瀬にも焦りが見えていた。上様が南蛮風邪に罹り、もしものことがあれば、切腹を覚悟せざるを得ないからである。

「マスケー、モット、ヒロメマショウ」

ヤンが言った。

「その通りじゃ。とにかく人が集まるのを止めさせること。それに……」徳庵が切り出した。「実は、養生所の病人たちには黙っていて悪いが、ちと試していたことがある」

「何を試されていたのですか」

初めて聞く話に、孝助は身を乗り出した。

「これじゃよ」

徳庵が着物の懐から取り出したのは、卵と豆と胡麻《ごま》だった。

孝助は首を傾げた。

「これを食べさせた者と、粥《かゆ》だけの者とに分けて調べてみたのじゃ。すると、卵と豆と胡麻を与えた者の中から、快復する者が出てきた。驚いたのは、それだけではない。南蛮風邪から快復した者は、二度と罹らないということも分かった。それで快復した者たちにも、病人の世話の手伝いをさせておるのだ」

「スバラシイ。エイヨウ、アタエル、カラダ、ゲンキニナル」

ヤンが徳庵を称《たた》えて拍手した。

「米はご公儀から支給されておりますが、それだけでは滋養《じよう》が十分ではないと思っておりました。やはり滋養が体を強くするのですね」

孝助は、いくらか光明《こうみよう》が見えた気がした。

「卵はちと高いが、豆と胡麻なら大丈夫だろう。さっそく病人に茹《ゆ》でた豆と、炒《い》った胡麻を食べさせようと思っている」

徳庵が自信ありげに言った。

「良いと思われることは皆、やりましょう。ところで、先生。一度、南蛮風邪に罹った者が二度と罹らないというのはなぜでしょうか」

「うーん」

徳庵が首を傾げた。

「カラダガ、ナンバンカゼヲ、カイナラシタ、ノデハナイデショウカ」

ヤンが見解を述べた。

「先生、ヤンさん」孝助は二人をしっかりと見つめた。「徳庵先生のお話を聞いて、あることに気づきました。これまでは咳や熱を抑えることばかり考えていましたが、体を中から強くする薬を作ればいいのでは、と思い至ったのです。そうすれば南蛮風邪の邪鬼が入り込んでも、ヤンさんがおっしゃるように飼い慣らすことができるのではないかと……」

「なるほど、それは納得じゃ」

徳庵が頷いた。

「イイ、カンガエ、デス」

ヤンも同意した。

今まで咳や熱のことばかりに考えが行き、葛根、桂枝、甘草などの処方に腐心していた。そのこだわりを捨て、視点を変えてみるのだ。孝助は、何かを摑んだ気がした。

「先生、父上のところに参ります」

孝助は立ち上がった。

「篠原様のところか」

「はい。夢に出てこられた母上が、父上に相談しろとおっしゃったのですから」

「そうであったな。それは吉夢であろう。すぐに参られい」

その時、ゴホン、ゴホンと咳が聞こえた。

「失礼いたしました」

新しい茶を淹れてきたおみつが、着物の袖で福面の上から口元を覆っている。

「おみつ様……、大丈夫ですか」

孝助が心配して、おみつを見つめた。

「失礼をいたしました。大丈夫でございます。少しばかり噎《む》せてしまったようです」

そうは言ったものの、おみつの咳は止まらない。

「本当に大丈夫なのですか」

孝助が再び訊いた時、おみつの表情が歪み、その場に倒れ込んでしまった。

「おみつ様、おみつ！」

孝助は叫び、おみつの体を抱き上げた。

5

孝助は久しぶりに実父の清右ヱ門を訪ねた。

清右ヱ門は丹波篠山藩青山下野守の筆頭御家人であり、町人の身分である孝助は訪ねることを遠慮していた。その代わり、南蛮風邪が流行る前までは清右ヱ門がお忍びで養生屋に足を運んできては、主人の五兵衛と碁《ご》打ちを楽しんでいたのである。

「お父上、おこう様はご不在ですか」

座敷に案内されて清右ヱ門を待っている間、茶を運んできたのが清右ヱ門の妻おこうではなく小者だったことを、孝助は不審に思っていた。

「おこうと娘は江戸を離れ、縁のある下総佐倉《しもうささくら》に行かせた」

答えながら清右ヱ門が茶を啜《すす》った。

「それはようございました。手前どもの旦那様と奥様も、伊香保の方へ難を逃れていただきました」

「おみつ殿は変わりないか。来年には祝言《しゆうげん》を上げると聞いているが」

「はい。ところが……」

孝助の表情に影が差した。

「どうかしたのか」

「おみつ様が南蛮風邪に罹ってしまわれたのです」

「それは大変なことになったのぅ。大事ないか」

清右ヱ門は眉をひそめた。

りませぬ」

「咳と熱で苦しんでおられます。おみつ様を助けるためにも早く薬を作らねばな

「南町奉行の岩瀬様から薬を作れと命じられたと聞く。孝太郎の役目も重大であるな。私にできることがあれば、どんなことでもする。遠慮なく申せよ」

清右ヱ門は、孝助と呼ばない。清右ヱ門が名づけた孝太郎という名で呼ぶのである。

「有難きお言葉、うれしゅうございます」

「今日は、頼みごとがあってきたのであろう。申せ」

清右ヱ門が鋭い視線を孝助に向けた。

「実は……」孝助は、すっと清右ヱ門に膝を摺《す》り寄せ、近づいた。「母上の夢を見たのでございます」

「お栄のか」

思いもよらぬ話に、清右ヱ門がわずかに驚いた。

「そうでございます。母上が申されますには、薬作りで悩むことがあればお父上にご相談なさいと」

「そうか……。お栄が左様なことを申したか」清右ヱ門は感に堪えない様子で目

を閉じた。「冥府《めいふ》に行っても母は母であるのぉ。この世に遺した一粒種のお前のことが心配でたまらないのであろう」

「もったいのぉございます」孝助は、清右ヱ門を真っ直ぐに見つめた。「そこでご相談と申しますのは、薬草のことでございます。お父上の藩主、青山様のご領地の丹波篠山は薬草の宝庫と伺っております」

「その通りである。冬寒く、夏暑く、かつ水、空気、何もかもが澄んでおる。良い薬草が育つのだ」

「私は南蛮風邪に処するために、咳や熱を抑える薬種のみにこだわっておりました。しかし人の体というものは、気、血、水の調和が乱れた時にこそ病を引き起こすと改めて気づいたのであります。南蛮風邪とて同じであります。気、血、水を整え、活発にさせれば、己の体そのものが南蛮風邪を飼い慣らしてくれるのではないかと考えております」

「体の調子を整えれば、南蛮風邪を飼い慣らすと申すか。なるほどのう。私にできることはあるのか」

「気、血、水の中でも、体を駆け巡って隅々まで温かくしているのは血でございます。そこで血の巡りに勢いを持たせる番紅花《ばんこうか》を頂きたいのです。非常に高価なものであることは承知しております。しかも丹波篠山の番紅花は一等品であり、とりわけ高価であります。なにとぞひと匙《さじ》でも多くの番紅花を私にお預けくださいませ」

孝助は額を畳に擦り付けた。

番紅花とはサフランのことである。アヤメ科の植物で、めしべを乾燥させて薬種として使用する。しかし、少ししか採れないため、非常に高値で取引されている。血の巡りをよくする効果があり、体を中から温めることで婦人病、神経の病などに処方される。

清右ヱ門は腕を組み、しばらく無言を保っていた。

孝助が頭を上げた時、清右ヱ門の力強い言葉が降ってきた。

「承知した。番紅花は、我が藩の宝である。されど孝太郎の頼みとなれば聞かざるを得ないだろう。たいした量ではないが、この屋敷にも保管しておる。早速、今日にも持ち帰り、おみつ殿に処方し、効能を確かめるがよい。まとまった量となれば地元から至急取り寄せる。安堵せよ」

「ありがとうございます」

孝助の目から涙がこぼれた。

幼い頃、父と別れ、父の愛を知らずに育った。しかし、このような重大な局面で父の愛を知るとは、なんと幸福なことか。皮肉なことだが、南蛮風邪に感謝せねばなるまい。

「ところで孝太郎、美遠志《せねが》という薬草を知っておるか」

「美遠志ですか。恥ずかしながら存じ上げません」

「それはそうだろう。ちょっと待っておれ」清右ヱ門は手を叩き、声を張り上げた。「平蔵《へいぞう》はおるか」

「はい、はい、お呼びでございますか」

障子戸を開けて姿を見せたのは、篠原家の小者、平蔵である。

かつては同輩の小助《こすけ》とともに、孝助の行方《ゆくえ》を追っていた者だ。

「おや、孝太郎様、お見えでございましたか。こたびは大変なお役目を担われたと伺っております。なにとぞ、無事にお役目を果たされますよう祈念しております」

「平蔵は廊下に膝をつきながら、笑みを孝助に向けた。

「平蔵様、その節は大変お世話になりました」

孝助は低頭した。

「平蔵、美遠志《せねが》を急ぎ、ここに持参してくれ」

清右ヱ門が命じると、平蔵は「承知いたしました」と言って障子戸を閉め、その場から退出した。

「美遠志と言うのは、知り合いの清国人が大量に持ってきた。話によると、美国《アメリカ》という国で鎮咳去痰《ちんがいきょたん》のために使われておるらしい。薬効は相当なものがあるようだ。我が丹波篠山藩は薬草にかけてはこの国随一《ずいいち》を目指しており、いろいろな薬草を集めている」

清右ヱ門が説明を終えた時、平蔵が障子戸を開け、にじり寄るようにして部屋に入ってきた。

「殿、これでございますな」

平蔵が懐紙に包まれたものを清右ヱ門に差し出した。

清右ヱ門が懐紙を開くと、こげ茶色の細いひげ根が現れた。

「これが美遠志でございますか」孝助はひげ根を摘《つま》んで匂いを嗅《か》いだ。「独特の強い香りがいたします」

「そうであろう。どことなくすっと胸の痞《つか》えが腹のほうへ降りていく気がする匂いである。なんでも萩《はぎ》に類する薬草らしい。しかし、本当に効き目があるか、それとも効き目が強いゆえに毒が強いのかもわからぬ。もし、効き目が強いなら我が藩ではこれを大々的に栽培し、財政再建に役立てようと考えておる。そこで孝太郎に頼みなのだが、これを利用し、効き目を検証してくれないか。これは藩の重役としての頼みである」

清右ヱ門は、懐紙にくるんだ美遠志を孝助に渡した。

「承知いたしました。薬作りに利用し、薬効をお確かめいたします」

孝助は、懐紙を懐にしまった。

「おお、引き受けてくれるか。まことにありがたい」

「必要な量はあるのでしょうか」

「案ずるな。十分な量を、本日持たせる。もし薬効が認められれば、どんな手を使ってでも集めてみせよう」

清右ヱ門は頼もしげに請け合った。

「こたびは番紅花といい、美遠志といい、お知恵を授けていただき有難く存じます。母上の夢を見てお父上にご相談を申し上げて、心よりよかったと思っております」

「儂の方こそ、孝太郎が頼りにしてくれて嬉しいぞ。さて平蔵、番紅花と美遠志をあるだけ全部、袋に詰めて持ってきてくれ。我が篠原家の惣領息子が江戸の危難を防いでくれるぞ」

孝助は一瞬、戸惑った。「惣領息子」という言葉にびくりとしたのだ。

武士にならないと決意を固めた以上、篠原家の跡取りではない。

しかしその言葉は、清右ヱ門の強い願い、本心から発せられたのだ。そのことがわかった瞬間、孝助の心は激しく揺さぶられ、涙が溢れてきた。

「孝太郎――否、孝助殿であったな。なんとしてもお役目を果たすのだぞ。我が藩、並びに篠原家のためにもな」

清右ヱ門の目にも涙が滲んでいた。

「私は、お父上の子として生まれたことを幸せに存じます」

孝助は畳に手をつき、額を擦りつけるほどに低頭した。その手の甲が涙で濡れた。

6

孝助が養生所に戻ると、すぐに徳庵が顔を覗かせた。

「孝助、清右ヱ門殿は息災であられたか」

「お蔭様で父上は南蛮風邪にも罹らず、元気にされておりました」

「コウスケサン、ブシ、ダッタノデスネ」

ヤンが驚いたように言った。

「私は武士ではありません。薬屋ですよ」

孝助は苦笑した。

「父に相談しましたところ、このような薬草を頂きました」

孝助は袋を開き、番紅花と美遠志《せねが》を取り出した。かなりの量である。

「初めて見るものであるな」

徳庵が珍しそうにしげしげと眺めた。

「番紅花と美遠志、いずれも珍しい薬草です。滋養をつけ、体を温めることで南蛮風邪からの快復を図《はか》るとするなら、どの薬草を用いるべきか。考えた末に、父の領地に番紅花が生育することを思い出しました。番紅花は血の巡りをよくし、体を温めます」

「よいところに気づいた。ところで、この美遠志とはなんであるか」

「私も初めて知る薬草でございます。父によりますと、美国で使われていたものを清国人が持参したようです。咳を鎮めるのに非常に効き目があると申しておりました」

「清右ヱ門殿の紹介であれば間違いはないであろうが、薬草は毒草でもある。効き目が強ければ強いほど、逆に病状を悪化させてしまうこともある。慎重にことを進めねばなるまい」

徳庵が神妙に言った。医者の立場として、未知の薬草を試すことに慎重を期するのは当然である。「薬も過ぎれば毒となる」という諺《ことわざ》があるように、治療薬が毒薬となることもある。それは関木通の薬害で経験済みであった。

「先生のご懸念はもっともでございます。父上も同じように申しておりまして、薬効を確かめてくれとおおせでした」

「ナンバンカゼノ、ヒトニ、ツカウタメニハ、ジッケン、ヒツヨウデス」

ヤンも蘭学医として真剣な顔で言った。

未知の薬草を実用に供するには、多くの検証が必要になる。むろん、人の体を使っての検証も含まれる。悲しいことだが、そのために犠牲になる人が出るのもやむを得ない。

「養生所で病に苦しむ人に処方しよう」徳庵が厳しい目つきで提案した。「もしも薬にならず毒になったとしても、我らの善意を疑うことはないであろう」

「ソレシカナイ。スグ、ハジメマショウ」

ヤンも同意した。

一刻も早く、検証によって美遠志《せねが》が毒にならず、かつ効き目のある薬であることを証明せねばならない。ただ、犠牲者を生み出すおそれがあることに思いを馳《は》せると、沈痛な思いにならざるを得ない。

その時、座敷の襖が開いた。

「おみつ様！」

孝助が声を上げた。おみつは南蛮風邪に罹患し、寝室で休んでいたはずである。

おみつは咳を我慢しているのか、苦しそうに顔を歪めている。頰の肉が落ち、ついこの間までのふっくらとした面影は失われている。高熱のため、まともに食事が摂《と》れないのである。

しかし、顔を上げたおみつの視線には、強く、明確な意思が現れていた。

「私を、私の体を、新しい薬草の検証にお使いくだされますように……、孝助さんのお役に立ちとうございます」

おみつは喉から声を絞り出した。

7

養生所の一角、孝助の部屋には薬簞笥《くすりだんす》が置かれている。そこには養生屋から持ち込んだ薬種の他、番紅花や美遠志《せねが》も収められている。おみつの額には水に浸《ひた》した手拭いが載せられ、口は福面で隠されている。

孝助の傍《かたわ》らには、おみつが横たわっていた。おみつの苦しげな咳が室内に響く。聞く者が耳を塞ぎたくなるほど痛々しい。南蛮風邪は、高熱と激しい咳によって体から力を奪い、人を死に至らしめるのである。

「おみつ様、大丈夫ですか」

孝助は薬研で薬草を擂《す》り潰《つぶ》しながら尋ねた。

「はい、大丈夫です。……ねえ、孝助さん」

「なんでしょう」

「そろそろ、そのおみつ様というのをお止めになっていただけませぬか。おみつと呼んでいただけたら嬉しゅうございます」

おみつは孝助に顔を向け、うっすらと微笑んだ。

孝助の手が止まった。

「それは……まだ」

孝助は戸惑った。「おみつ様」と呼ぶのは、婚約をしているものの、まだ番頭と店の主人の一人娘という関係は変わっていないからである。

「孝助さんの薬で、必ずよくなると信じております。が、もしものことがあれば、一度も『おみつ』と呼んでいただけなかったことが心残りになります」

「そんな弱気にならないでください。私が必ず治してみせます」孝助は言って、煎じた薬を注いだ湯呑《ゆのみ》をおみつの枕元に置いた。「これをお飲みください」

そしておみつの福面を外し、抱き起こした。

「おみつは幸せでございます。孝助さんに看病してもらっているわけですから」

「私こそ、おみつ様……」

「おみつと呼んでくださいな」

「おみつ」

はにかみながら、孝助はその名を呼んだ。

「うれしい」

おみつのやつれた顔が笑みで溢れた。

8

おみつを看病し始めて四日が経った。

その間、おみつには徳庵が作った滋養食を与えていた。豆、胡麻、朝鮮人参を擂り潰し、それに卵液を加え、練り物にしたものである。

あまり美味《うま》くはないが、少し塩味などを加えると、喉を越すことができた。

実際、養生所にいる軽症の患者の中からは、この滋養食によって快復する者も現れた。

しかし、おみつは日に日に弱っていくように見える。養生所で病人の世話を献身的に行ってきたおみつは、患者と接する時間も長かった。そのため、南蛮風邪がおみつの体を深く傷めているのだろう。

神も仏もないものか、と孝助は恨みごとを口にしたくなった。おみつのように善意の行いをする者をより苦しめるとは、これほど不公平なことはない。

孝助は焦っていた。

従来から風邪に効果があるとされている葛根や麻黄《まおう》、桂皮、芍薬に、新たに番紅花と美遠志を加え、土瓶で煎じて、おみつに与えている。しかし四日経っても回復の兆しは見えなかった。

おみつは孝助に体を支えられながら、湯吞みから少しずつ薬湯を吞む。口から薬湯がこぼれないよう、特殊な形に飲み口を加工した湯吞みである。

「うっ」

おみつが顔をしかめた。

「苦いのですか」

「大丈夫です」おみつは気丈に言い、ごくりと薬湯を吞み込んだ。「ねえ、孝助さん」

「はい、おみつ様。……いや、おみつでしたね」

孝助は苦笑した。おみつも力のない笑みを浮かべた。

「もしよろしければ美遠志《せねが》をもっとたくさん処方していただけないでしょうか。私に遠慮しないでいただきたいのです」

「それは……」

孝助は言い淀《よど》んだ。美遠志《せねが》の薬効がどれほど強いのかはっきりしない。そのため、孝助は少量ずつしか処方していなかった。そのことを、おみつにはあっさり見抜かれていたのである。

また、美遠志がどの薬種と相性がいいのかも計りかねていた。慎重の上にも慎重に、量を計測し、他の薬種と混ぜていたのである。しかし、どの分量が最も適切なのか、その割合がいまだ摑めずにいるのだ。

おみつは、孝助の悩みがわかっていた。そこで思い切って美遠志の量を増やしてほしいと提案したのだ。しかし、まだ十分な検証がなされていない中で量を増やすと、どのような害があるかわからない。

「できません。もしも……」

孝助は言葉に詰まった。

「お願いです。どうぞ遠慮せずに。孝助さんの助けになれれば、私は本望ですから」

おみつが孝助の手をしっかり握って懇願した。

「おみつ！」

孝助はたまらずおみつの体を抱きしめた。

「孝助さん、お願いです。もしもそれで私を救えれば多くの人を救うことになります」

おみつは孝助の腕に抱かれながら、か細い声を絞り出した。

「承知いたしました。でもこれだけは信じてください。必ずお救いいたします」

「ありがとうございます」

おみつは嬉しそうに目を閉じた。

孝助はおみつが眠ったのを確認すると、庭に造られた井戸に向かった。

着物を脱ぎ、下穿き姿になると、井戸から水を汲《く》み上げた。敷き石の上に正座する。そして桶を持ち上げ、頭から一気に水を被った。

「南無《なむ》大師《だいし》遍照《へんじょう》金剛《こんごう》、南無神農炎帝《えんてい》、南無少彦名命《すくなひこなのみこと》、おみつを快癒《かいゆ》させたまえ……」

孝助は水垢離《みずごり》をし、祈願の言葉を三度唱えた。

おみつに強い薬を与えるにあたって、大いなる力に成功を祈願したのである。

「絶対におみつを治してみせる」

孝助は、再び水を被った。

9

孝助には、腹案があった。

患者の血の巡りを活発にし、気を回復させるには、どの薬種を処方すればよいか。

腹案に従って、孝助は薬箪笥から幾つもの薬種を取り出した。

毒を排出する黄耆《おうぎ》。

体内の気の流れを整える白朮《びゃくじゅつ》。

滋養のある朝鮮人参。

咳を治める甘草、麦門冬。

熱を取る葛根、柴胡《さいこ》、升麻《しょうま》。

そして体を温める大棗《たいそう》、陳皮《ちんぴ》、生姜、当帰である。

これらの薬種を混ぜ合わせ、番紅花と美遠志《せねが》を大量に混ぜ込んだ。これまで作っていた薬の三倍にもなる量である。

孝助の傍に横たわるおみつが、苦しそうに咳き込んでいる。眠ってはいるが、咳は止まらない。

――絶対にお救いしますから。

孝助は薬種を薬研《やげん》で擂り潰した。

しかし、やはり不安は拭えない。美遠志だけは、全く新しい薬種である。

――美遠志の薬効が明らかになれば、父上のお役に立つことにもなる。

孝助は、擂り潰した薬種を土瓶に入れて煎じた。

その時、戸が開き、不安げな顔の徳庵とヤンが入ってきた。

「おみつさんは、どうかな」

徳庵が訊いた。

「咳は止まりません。熱も高いままです」

孝助は苦渋に唇を嚙みしめた。

「タスケテクダサイネ」

ヤンが励ます。

「もちろんです。必ず」

孝助は水に浸した手拭いを絞って、おみつの額に載せた。

「今、作っている薬はどんなものであるか」

徳庵が孝助の手元を覗き込んだ。

「美遠志《せねが》を大量に使いました。それに番紅花も多く投入しています」

「大丈夫なのか」

「……心配が全くないとは申しませんが、おみつの強い希望でございます」

「そうか……おみつさんがね」

徳庵が目を閉じているおみつに視線を落とした。

「もしこの薬に効き目が認められれば『恩蜜補中益気湯《おんみつほちゆうえききとう》』と名づけるつもりです」

「恩蜜とは、薬効を確かめるために自らの身をささげてくれたおみつさんへの恩であるな。補中は体の内を勢いづかせること。益気とは気力を充実させるという意味だな」

「その通りです。気を増し、血の巡りを良くし、体を温め、体の中の悪い水を外に出します。番紅花は血の巡りをよくしてくれます。後は薬の働き次第です」

「上手くいくことを念じていよう。さあ、そろそろ煎じ薬ができたようだ。おみつさんに飲ませなさい」

「はい」孝助は慎重に、土瓶から吸い口のついた湯呑に煎じ薬を移した。

「おみつ、薬ができましたよ」

孝助はおみつの体を抱き起こした。

おみつは苦しそうに咳を発しながら、薄く目を開けた。

「ありがとうございます。おみつと呼んでくださいましたね」

今にも消え入りそうな弱々しい声で孝助に礼を言いながら、口元に笑みを浮かべた。

「これをお飲みください。私が考え抜いた薬でございます」

「はい」

おみつが躊躇《ためら》いなく口を開けた。

孝助は、湯呑みの吸い口をおみつの唇に当てる。おみつが目を閉じた。湯呑みをゆっくりと傾ける。煎じ薬がおみつの口に注がれると「こくり」とおみつの喉が小さく鳴った。

おみつが顔を歪める。

「苦いですか」

「いいえ……」

おみつの笑みが崩れた。苦いのを我慢しているのだ。

湯呑みの煎じ薬が空になった。

孝助は、おみつを布団に横たえた。おみつは目を閉じたままだ。眠ってしまったのかもしれない。

「とうとうおみつと呼んだのだな」

徳庵が孝助を見て、微笑んだ。

「はい」孝助の顔が少し赤らんだ。「おみつ様が望まれるものですから」

「よきことだ。病を回復させるのは、人の中の『元気』という気だ。おみつと親しげに呼ぶことで、おみつさんの『元気』が目覚めることであろう」

「ヨクナル、キット、ヨクナル」

ヤンが力強く言った。

孝助、徳庵、ヤンの三人は沈黙し、おみつを見守った。

10

どれくらいの時間が経っただろう。夜が深くなった。庭から障子を通じて月明かりが部屋に差し込んでくる。孝助は、まんじりともせずおみつを見つめていた。咳は収まっている。薬が効いているのかと嬉しくなった、その時だ。

「うーん」

おみつが呻いた。そしてガタガタと体を震わせ始める。

「寒い……」

おみつは呟いた。額から汗が噴き出てきた。その汗は額から流れ落ち、顔を伝い、首筋を濡らす。

「寒い……」

おみつの体の震えが激しくなる。噴き出る汗の量も尋常ではない。着物が合わさった胸の辺りがべっとりと汗で濡れている。

「おみつ！　大丈夫か！」

孝助は叫び、手拭いでおみつの額の汗を拭う。そして着物の合わせを広げた。おみつの白い胸が顕《あら》わになる。満足に食が摂れなかったためだろう、おみつの体は痩《や》せ、骨の形状が浮き出ている。

「孝助、もっともっと汗を拭え」

一緒に看病していた徳庵が指示した。

「コウスケサン、コレ」

ヤンが、部屋の隅に置かれていた新しい手拭いを孝助に渡す。

「ありがとうございます」

手拭いを受け取った孝助は、おみつの額、首、胸から溢れ出てくる汗を拭い続ける。

「うーん」おみつの呻きは収まらない。「寒い、寒い」

おみつの顔から生気が抜け、青ざめていく。

「おみつ、頑張れ、頑張るんだ」

孝助はおみつを励ました。しかし一方で、薬が効かなかったのではないかと、激しく動揺した。おみつが死ぬ……。不吉な予感が頭から離れない。

「先生……。おみつが……」孝助は縋《すが》るように徳庵を見上げた。「私の薬が、おみつを苦しめているのでしょうか」

「そんなことを今、口にする時ではない。孝助、なにをぼやぼやしている。とにかく汗を拭え！」

「は、はい！」

はっと我に返った孝助は、必死におみつの額や体を手拭いで拭った。手拭いが汗でぐっしょりと湿り、重くなる。

「うーん、うーん」

おみつが呻く。呻き声は次第に小さくなり、ついに消えた。

「おみつ！」

孝助が叫んだ。

おみつの顔を覗き込む。

「……案ずるな。生きておる。寝息が聞こえるであろう」

徳庵が安堵の表情を浮かべた。

「えっ」

孝助は目を瞠り、耳をおみつの口元に近づけた。

「聞こえます。聞こえます」

孝助の耳に、おみつの寝息が聞こえた。穏やかで、規則正しく、雑音もない。

青ざめていたおみつの顔に、ほのかな赤みがさしているようにも見える。

「先生！」

孝助は喜びを溢れさせ、徳庵を振り仰いだ。

「おお、おお、よかった、よかった」

徳庵も喜びに顔を綻《ほころ》ばせている。

「タスカッタ、デスネ」

翌朝、おみつの目がゆっくりと開いた。

「おみつ！　大丈夫ですか」

孝助はおみつの顔を覗き込んだ。

「はい、もうすっきり……。なんだか胸から憑き物が落ちたようでございます」

おみつははっきりとした声で答えた。

「よかった。本当に良かった」

孝助はおみつの手を強く握りしめた。

「不思議な夢を見ていました」おみつがゆっくりと話し始めた。「周りに、いろいろなお花が咲き乱れた道に立っていました。目の前には綺麗な水の流れる川がありました。私は喉が渇いたので、その川に近づこうとしました。すると後ろから私を呼ぶ声が聞こえるのです。振り向くと、お義母様《かあ》が笑顔を向けておられました」

「母上が……」

「お義母様《かあ》、と私が呼びかけますと、おみつさん、その川に近づくのはまだ早いですよ、こちらに来なさい、とおっしゃったのです。それで私は、お義母様《かあ》のいる方に歩いていきました。するとお義母様《かあ》が手を差し伸べられました。私は、その手を握りました。温かく、柔らかい手でございました」

あまりに不思議な話を、孝助は神妙な面持ちで聞いた。

「孝助のこと、よろしくお頼みいたしましたよ、とお義母様《かあ》はおっしゃって、ふっとお姿が見えなくなったのです。お義母様《かあ》を探して目を開けると、そこには孝助さんのお姿が……」

おみつは安堵の涙を流していた。

「母上が夢に……。私がおみつに処方した薬は、母上の夢のお告げで作ったものなのです」

孝助はおみつの手を強く握った。その手が涙で濡れた。

「薬が効いたぞ。岩瀬様にご報告しよう」徳庵が、がばっと勢いよく立ち上がった。「早速『恩蜜補中益気湯』を養生所の病人に施すのだ。これで江戸は救われたぞ」

「コウスケサン、アナタ、キュセイシュ、ナリマシタ」

ヤンが孝助の手を握った。

「救世主とは、恐れ多いです」孝助は言った。「私はすぐに番紅花と美遠志《せねが》に非常な薬効があったことを父上にも報告いたします。きっとお喜びになるでしょう」

「孝助さん、おめでとうございます」

おみつが称えた。

「おみつ様、あなたのお蔭です」

するとおみつは、少し怒ったようにそっぽを向いた。

「いかがなされた」

孝助が心配しておみつの顔を覗き込もうとする。

おみつは孝助に向き直った。

「今、おみつと呼んでくださらなかったではないですか。おみつ、お前は偉いとお褒めくださいませ」

「孝助、おみつさんのご希望を叶えてあげなさい」徳庵が愉快そうに笑った。

「他人行儀な言葉使いは今日で終わりであるぞ」

「わかりました」

孝助は息を深く吸い、おみつの手を握った。

「おみつ、お前は偉い」

真面目な表情を崩さずに言う。

「オオ、ナンバンカゼノ、ネツヨリ、アツイ、アツイ」

ヤンが茶化した。

「嬉しゅうございます」

おみつの顔が喜びで崩れた。

孝助は立ち上がり、部屋の戸を開けた。涼やかな風とともに朝日が差し込んできた。明るい光がおみつの顔を照らす。

孝助は、いつまでもおみつの顔を見つめていた。

11

「さあさ、今日は無礼講《ぶれいこう》ですよ。私が腕を振るった料理を堪能してください」

九平治が膳を並べる。そこには小鰭《こはだ》や白魚《しらうお》の寿司、鯛《たい》や平目《ひらめ》、赤貝などの刺身、煮穴子《にあなご》、鰻《うなぎ》、豆腐田楽《とうふでんがく》、煮しめ、海老《えび》や鱚《きす》の天ぷらなどがひしめき合っている。

鍋も用意されていた。鮪《まぐろ》の赤身と葱《ねぎ》を煮た葱鮪《ねぎま》鍋である。

「豪勢じゃのぉ」

部屋に入ってくるなり相好を崩したのは、火盗改めの井上正治である。

「井上様が悪党を退治されたような見事な手捌きで九平治さんが包丁を振るってくださいましたので、存分にお召し上がりくださいませ」

孝助が言った。

「まずは、酒を所望したい」

井上はどっさと腰を落とすと、すぐに盃を差しだした。

「はい、たんとお召し上がりくださいませ」

おみつが徳利《とっくり》を傾けた。

盃になみなみと注がれた酒を井上は一気に空けた。

「旨い」

目を細めた。

「それは灘《なだ》の下り物の白鶴《はくつる》でございます。なかなかの酒でございます」

徳庵も目を細めて盃を空けている。

「サケ、オイシイ」

ヤンは酒と一緒に天ぷらを口に運んだ。

「ヤンさんもすっかり日の本の人になられましたね」

おみつが笑った。

「一時はどうなるかと思いましたが……」孝助が改まって一同に向かって述べた。「皆様のおかげでおみつもこんなに元気になりました。ありがとうございました。本日は、お助けいただいた皆様へのお礼の席でございます。主人の五兵衛からも存分に楽しんでいただきなさいと命じられておりますので、九平治さんの料理と酒をどうぞ召し上がってください」

「おみつと呼ぶのもすっかり板についたのぉ」

徳庵が笑みを浮かべる。

「はぁ、本音ではまだ慣れませぬ」

孝助は照れ臭そうにおみつに視線を向けた。

「まだ時折、おみつ様とおっしゃるのですよ」

おみつが口を尖らせた。しかし、満面には笑みを浮かべている。

「いつまでも『おみつ様』と呼んでいるようでは、情けない。そんなことでは、せっかく頂いた『根津や』の名前を将軍様に返上せねばならないぞ」

徳庵が冷やかす。酒がかなり進んだのか、赤ら顔になっている。

「いやいや、情けなくはないぞ。あの天啓教の統領の白刃に、一歩も退《ひ》かぬ勇猛さには驚き申した。薬屋にしておくのはもったいない。火盗改めとなり、儂の配下に来ぬか、孝助殿」

井上が真面目な顔で言う。

「勘弁してください。一生、薬屋でございます」

孝助は笑みを浮かべて、低頭した。

「孝助さん、お客様です」

障子が開き、九平治が顔を出した。

いったい誰が来たのだろうと孝助は訝《いぶか》った。他に招いている客はいなかったはずである。

「どうぞ、ご遠慮なく」

九平治が手招きした。

「お父上！」

九平治の後ろから姿を現わしたのは、篠原清右ヱ門だった。

「儂も仲間に入れてもらってよろしいかな。これ」

清右ヱ門は酒の入った一升徳利を差しだした。

「どうぞ、お父上、お入りください」

孝助は居住まいを正した。その傍らで、おみつが恐縮して身を縮めている。

「おお、清右ヱ門殿、お久しぶりでございます。どうぞ、こちらにお座りくださ
れ」井上が自分の隣を勧めた。「この度はご子息が大変な働きをされましたぞ。

江戸を救ったのであります」

「井上殿、過分なお言葉、痛み入ります」

清右ヱ門は一升徳利を九平治に預けると、井上の隣に座った。

「清右ヱ門様、あなた様のご支援のお蔭で『恩蜜補中益気湯』を作ることができ
ました。まことにありがとうございました」

徳庵が頭を下げた。

「いえいえ、礼を言うのはこちらでございます。お蔭で美遠志《せねが》を我が藩の特産の
薬種として世に出すことができ申した。ところで孝太郎、否、ここでは孝助だ
な」

「はい」

「良き働きをしたな」

「ありがとうございます」

孝助は頭を下げた。

「おみつ殿」

清右ヱ門は、おみつを見た。

「はい」

おみつの声は緊張で震えている。

「孝助を頼みましたぞ。末永く連れ添ってくだされ」

「はい」

おみつは、真っ直ぐに清右ヱ門を見つめた。

「酒を注いでくれるかな」

清右ヱ門が盃をおみつに差しだした。

おみつは緊張した面持ちで徳利を持ち、盃に酒を注ぐ。

「座の皆さま、『根津や孝助』のために祝杯を挙げてくださらないか。我が息子、『根津や孝助』に」

清右ヱ門が、盃を高々と掲げた。

「勿論でございます」

徳庵が呼応し、盃を掲げた。ヤンと井上もそれぞれの盃を手に持った。

「『根津や孝助』、万歳！」

清右ヱ門が高らかに声を発し、盃を干した。

「万歳！」「バンザイ！」

徳庵、ヤン、井上が清右ヱ門に続いた。

孝助は、深く頭を下げて「万歳」の声を聞いていた。孝助の手は、隣に座るおみつの手と優しく重なっていたのである。

＊

孝助が作りました『恩蜜補中益気湯』は、南蛮風邪に苦しむ江戸の人々を大いに助けたのであります。

実際、古い記録によりますと、江戸時代には「補中益気湯《ほちゅうえききとう》」や「十全大補湯《じっせんたいふとう》」といった気血水を整える薬を用いて、インフルエンザ、麻疹《はしか》などの感染症を治療したとの記録がございます。

孝助は南蛮風邪の克服に大きな貢献をしたことで、南町奉行岩瀬様のご推挙により、将軍様のお目通りを許されました。

将軍様より金三百両を賜った上に、江戸の鎮守であり将軍家ゆかりの根津大権現から名前を頂き、「根津屋」と名乗ることを許されたのでございます。

しかし孝助は、身に余る栄誉であるとして、もったいないと、せめて「屋」を「や」に変えることを申し出て「根津や」と名乗ることに相成りました。

江戸の人々は、ご公儀から『恩蜜補中益気湯』を無償提供され、それを服することで、次々と健康を回復いたしました。

芝居小屋や飲食、遊興施設も復活いたしました。

しかし、それらの場所に足を運ぶ際は、ヤンや徳庵が奨励いたしました「福面」すなわち「マスケー」で鼻や口を覆ったとのことでございます。

現在、インフルエンザや新型コロナなどの感染症は、まだまだ勢いを失っておりません。本日ご来場の皆様も、マスク、手洗いなどの励行をお願いいたします。

そしてご健康で、寄席に足をお運びいただければ、私ども噺家にとって、これほどの喜びはございません。

この作品は、書下ろしです。また本書はフィクションであり、登場する人物、および団体名は、実在するものといっさい関係ありません。

立志の薬　根津や孝助一代記

一〇〇字書評

切り取り線

購買動機（新聞、雑誌名を記入するか、あるいは○をつけてください）	
□（　　　　　　　　　　　）の広告を見て	
□（　　　　　　　　　　　）の書評を見て	
□ 知人のすすめで	□ タイトルに惹かれて
□ カバーが良かったから	□ 内容が面白そうだから
□ 好きな作家だから	□ 好きな分野の本だから

・最近、最も感銘を受けた作品名をお書き下さい

・あなたのお好きな作家名をお書き下さい

・その他、ご要望がありましたらお書き下さい

住所	〒				
氏名		職業		年齢	
Eメール	※携帯には配信できません	新刊情報等のメール配信を 希望する・しない			

この本の感想を、編集部までお寄せいただけたらありがたく存じます。今後の企画の参考にさせていただきます。Eメールでも結構です。

いただいた「一〇〇字書評」は、新聞・雑誌等に紹介させていただくことがあります。その場合はお礼として特製図書カードを差し上げます。

前ページの原稿用紙に書評をお書きの上、切り取り、左記までお送り下さい。宛先の住所は不要です。

なお、ご記入いただいたお名前、ご住所等は、書評紹介の事前了解、謝礼のお届けのためだけに利用し、そのほかの目的のために利用することはありません。

〒一〇一－八七〇一
祥伝社文庫編集長　清水寿明
電話　〇三（三二六五）二〇八〇

祥伝社ホームページの「ブックレビュー」からも、書き込めます。

www.shodensha.co.jp/bookreview

祥伝社文庫

立志《りつし》の薬《くすり》　根津《ねづ》や孝助一代記《こうすけいちだいき》

令和 7 年 4 月 20 日　初版第 1 刷発行

著　者　江上《えがみ》　剛《ごう》
発行者　辻　浩明
発行所　祥伝社《しょうでんしゃ》
東京都千代田区神田神保町 3-3
〒 101-8701
電話　03（3265）2081（販売）
電話　03（3265）2080（編集）
電話　03（3265）3622（製作）
www.shodensha.co.jp
印刷所　萩原印刷
製本所　ナショナル製本
カバーフォーマットデザイン　芥　陽子

Printed in Japan ©2025, Go Egami　ISBN978-4-396-35116-8 C0193

祥伝社文庫の好評既刊

馳月基矢

伏竜《ふくりょう》 蛇杖院《じゃじょういん》かけだし診療録

「あきらめるな、治してやる」力強い言葉が、若者の運命を変える。パンデミックと戦う医師達が与える希望とは。

馳月基矢

萌《もゆる》 蛇杖院《じゃじょういん》かけだし診療録

因習や迷信に振り回され、命がけとなるお産に寄り添う産科医・船津初菜の思いと、初菜を支える蛇杖院の面々。

馳月基矢

友 蛇杖院《じゃじょういん》かけだし診療録

蘭方医の登志蔵は、「毒売り薬師」と濡れ衣を着せられ姿を隠す。亡き者にと二重三重に罠を仕掛けたのは？

馳月基矢

儚《はかな》き君と 蛇杖院《じゃじょういん》かけだし診療録

見習い医師瑞之助の葛藤と、悲惨な境遇を乗り越えて死地へと向かう患者の決断とは⁉ 涙を誘う時代医療小説！

馳月基矢

凪 蛇杖院《じゃじょういん》かけだし診療録

重篤な喘息に苦しみ会話すらままならない患者の治療に、新米医師・瑞之助は疲弊する。やがて患者が姿を消し……。

馳月基矢

詐《いつわり》 蛇杖院《じゃじょういん》かけだし診療録

いかさま蘭方医、現る。医術の何が本物で、何が偽物なのか？ 若き医師たちは今日も患者に寄り添う。

祥伝社文庫の好評既刊

岡本さとる
取次屋栄三《えいざ》 新装版

武士と町人のいざこざを、知恵と腕力で丸く収める秋月栄三郎。痛快かつ滋味溢れる傑作時代小説シリーズ。

岡本さとる
がんこ煙管《ぎせる》 取次屋栄三② 新装版

廃業した頑固者の名煙管師に、もう一度煙管を作らせたい。廃業の理由は娘夫婦との確執だと知った栄三郎は……。

岡本さとる
若の恋 取次屋栄三③ 新装版

分家の若様が茶屋娘に惚れたという。心優しい町娘にすっかり魅了された栄三郎は、若様と娘の恋を取り次ぐ。

岡本さとる
千の倉より 取次屋栄三④ 新装版

手習い道場の外に講話を覗く少年の姿が。栄三郎が後を尾けると……。千に一つの縁を取り持つ、人情溢れる物語。

岡本さとる
茶漬け一膳 取次屋栄三⑤ 新装版

人の縁は、思わぬところで繋がっている。別れ別れになった夫婦とその倅、家族三人を取り持つ栄三の秘策とは？

岡本さとる
妻恋日記 取次屋栄三⑥ 新装版

亡き妻は幸せだったのか。かつて八丁堀同心として鳴らした隠居は、妻を顧みなかった悔いを栄三に打ち明け……。